AF131882

L'interne

Tome 3 :
Troisième année

Emily Chain

L'INTERNE

Tome 3 :

TROISIÈME ANNÉE

Emily Chain

ROMANCE

www.soromance.com

Prologue

Julia

Je marche dans la rue en espérant ne pas tomber avec mes talons aiguilles.

— Cours Julia, ne t'arrête pas.

Je pivote la tête à droite, à gauche. Impossible de pouvoir identifier cette voix. Mes cheveux longs se répercutent sur mes joues et la fine pluie qui humidifie mon corps les plaque contre ma peau. Je suis obligée de me débattre avec ces mèches sauvages pour voir ce qu'il y a devant moi. De peu, je manque d'oublier qu'il y a un feu rouge et je m'arrête une seconde avant d'entrer en collision avec un taxi. J'en perds mon souffle et soupire de soulagement.

— Tu n'es pas sortie d'affaire, rit la voix.

Cette fois-ci je prends peur et je commence à courir juste après le passage au vert du feu. Sur la pointe de pieds, je traverse plusieurs quartiers, hors d'haleine. Je ne sais pas ce qui se cache derrière moi, mais je me sens traquée.

— Je te retrouverai toujours, s'amuse cette voix.

— Stop !

Mes épaules se relèvent brusquement du matelas et j'observe ce qui m'entoure d'une drôle de façon. Un cauchemar... Encore. Je n'en peux plus. Depuis mon retour à L.A après notre week-end en amoureux, je ne cesse d'en faire.

— James ? murmuré-je pour me rassurer.

Je pivote vers sa place, mais elle est vide. Le réveil indique près de 4 heures du matin. Je fronce les sourcils et sors du lit. Je suis en chemise de nuit et elle colle à ma peau. J'ai dû transpirer en courant dans mon rêve car je suis trempée de sueur. J'ai envie de me glisser sous la douche mais l'absence de James me préoccupe et je décide de descendre pour voir pourquoi il ne dort pas. Pieds nus, je glisse presque sur le ciment de l'escalier quand j'entends sa voix. Je m'arrête grâce à la rambarde et tends l'oreille.

— Inacceptable, lâche-t-il visiblement énervé.

Personne ne lui répond, j'imagine donc qu'il doit être au téléphone.

— Je ne veux pas que cette affaire dure des mois, s'énerve-t-il. Nous avons d'autres choses à régler après et...

Je me fige quand le téléphone fixe sonne. Je le vois, il est sur la commode devant moi et je m'étonne de le voir sonner à cette heure-ci. Sauf que si James vient décrocher, il croira que je l'espionnais, je sais qu'il déteste ça. Pour lui, la confiance est la base de notre couple. On ne doit pas s'épier ainsi. Je remonte bien vite dans la chambre et allume la douche. Je ferme la porte de la salle de bain quand j'entends la sonnerie du fixe s'arrêter. Je tends l'oreille et entends mon mari monter. Pourquoi suis-je en train de me cacher comme si je venais de faire quelque chose de mal ? Je ne sais pas et me trouve tout d'un coup un peu idiote. Je déverrouille la porte et l'ouvre quand je vois la silhouette de James devant, les sourcils froncés. Il regarde à tour de rôle la douche en marche et ma tenue.

— J'ai transpiré à cause de la chaleur, soufflé-je. J'avais envie d'une douche avant de me rendormir.

Ma façon de m'expliquer est étrange mais je sens qu'il souhaite des explications.

— C'est ta mère, elle a encore dû inverser le décalage horaire, grimace-t-il.

— Oh… soufflé-je en jetant un œil à son autre téléphone peut-être toujours en communication. Elle t'a réveillé ?

— Non, j'étais debout pour une affaire qui s'annonce moins évidente que je le croyais, avoue-t-il.

Sa réponse me convient et est cohérente avec ce que j'ai entendu tout à l'heure. Je prends le combiné dans les mains et le remercie d'être venu me l'amener.

— Chérie ?

— Oui maman, tu sais qu'il est…

Je regarde James partir et attends qu'il descende pour reprendre la conversation :

— Très tôt ici, rajouté-je. James bossait et je dormais figure-toi.

Elle s'excuse avant de me dire qu'elle a reçu une drôle de visite. Un homme qui semblait vouloir acheter sa maison.

— Il a dit qu'elle était le coup de cœur de sa femme et qu'il était prêt à m'offrir une somme rondelette, s'enthousiasme-t-elle.

Je fronce les sourcils. Ma mère est sacrément naïve et cela ne me plait pas qu'elle fasse confiance à un inconnu.

— Tu ne lui as pas ouvert, paniqué-je.

— Bien sûr que si, il voulait la visiter pour prendre des photos. Si j'arrivais à vendre cette maison, s'exclame-t-elle.

— Maman, il aurait pu être dangereux !

— Mais non, chuchote-t-elle visiblement trop heureuse pour prendre en compte la menace potentielle.

— Et s'il avait été armé ou…

— Arrête de toujours voir le mauvais.

— Mais maman, cet homme est un parfait inconnu et tu as enlevé le panneau à vendre depuis des mois.

Elle ne répond rien, avant de reprendre sur un tout autre sujet, mon couple. Je coupe court à sa manière détournée de changer de conversation pour m'interroger sur ce qu'elle pense problématique dans ma vie. Depuis des semaines, elle me propose de venir seule chez elle pour souffler un peu. Elle ne comprend pas que ni l'internat ni James ne pourrait me laisser faire une chose pareille. J'ai une famille maintenant. Surtout que nous allons adopter même si cela prendra des années sans doute.

— Je dois te laisser, je vais commencer ma garde dans quelques heures.

Je grimace en disant ça. Il est déjà 5 heures et il est trop tard pour me recoucher quand je raccroche avec ma mère.

— Une bonne douche et on commence la journée sur les chapeaux de roues, soufflé-je en baillant.

Espérons qu'elle soit calme.

Dean

Mes poings s'arrêtent dans les airs quand je remarque l'air taquin de Tara qui fixe mon torse nu, trempé de sueur à cause de l'entraînement intensif que je m'oblige à tenir depuis les derniers jours.

— Beau gosse, tu ne devrais pas sauver des gens au lieu de rouer de coups ce pauvre sac de sable ?

— Et toi, tes fesses ne devraient-elles pas être posées dans un avion ? répliqué-je en donnant une dernière droite à mon compagnon de défoulement.

— Justement, je voulais te faire un petit bisou et te dire que Julia doit connaître la vérité, lâche-t-elle.

Décidément, impossible de lui faire lâcher prise quand elle a une idée en tête. Je soupire d'exaspération et lève les yeux au ciel avant de retirer les bandages qui protègent mes phalanges.

— Tu sais qu'il existe des gants, note-t-elle en regardant mes mains en mauvais état.

— Je n'opère pas pendant un moment de toute façon, dis-je.

— Tu as été disculpé pourtant, grogne-t-elle.

Je ris face à sa façon très simpliste de voir la situation. Sauf que le conseil d'administration a choisi cette petite problématique pour revoir mes statistiques et mes comptes rendus sont revus à la loupe pour trouver une raison de ne pas me garder. Sûrement un coup de James auquel je m'attendais de toute façon. C'est de bonne guerre comme dirait Sy.

— Tara, va-t'en profiter de l'Europe, soufflé-je avant de boire une gorgée d'eau fraîche de ma gourde.

Elle s'étire et je remarque qu'elle est habillée très décontractée. La jeune femme suit mon regard sur son jogging lacé autour de ses hanches et de son large t-shirt, masquant difficilement son absence de soutien-gorge.

— J'aime prendre l'avion sans contrainte vestimentaire, claque-t-elle.

Je souris et l'accompagne jusqu'à la sortie. Je n'aime pas qu'elle vienne dans cette salle tandis qu'on me fait suivre depuis déjà un petit moment. Tara doit partir du pays et plus vite que ça.

— Julia doit savoir, répète-t-elle quand je lui ouvre la première porte vitrée qui mène au sas extérieur.

— Elle… J'essaie de trouver le bon moment, avoué-je.

— Il n'y en aura jamais, Dean. Pas pour ce que tu t'apprêtes à lui dire. Faut juste arrêter d'attendre. De quoi as-tu peur ?

Je lève des yeux impassibles vers elle, mais au fond, je tremble. Elle ne sait pas la moitié de l'histoire et déteste déjà James au point qu'elle me pousse depuis des semaines à avouer la vérité à son amie. Sauf que cette dernière est revenue après un séjour dans les montagnes, heureuse et visiblement très amoureuse de son époux. Je n'ai pas réussi à lui parler et elle se démène pour m'éviter. Bientôt, je n'aurai plus aucune façon de la croiser dans l'hôpital ayant entendu des rumeurs sur des changements de garde. Tara a raison, je dois lui dire, mais je n'ai pas le courage. Mon amie ne sait pas à quel point elle est proche de la vérité en parlant de peur. À chaque fois que j'imagine une conversation honnête avec Julia, cela se termine mal. Qu'importe ce que je fais, je n'arrive pas à la protéger suffisamment.

Perplexe sur mon silence, Tara fait un pas en arrière.

— N'oublie pas qu'elle ne connaît rien de l'homme qui partage son toit. Tu le dois au moins pour ça ! Si à mon retour elle ne sait rien, je serai bien moins patiente Dean, crois-moi.

Je la prends dans mes bras pour la faire taire et elle hurle de dégout face à ma peau collante et puante.

— Non ! J'étais propre, Dean !

Elle recule et soupire voyant que je n'ai toujours pas répondu à sa menace.

— S'il te plait, Dean. Elle te pardonnera de ne rien lui avoir dit avant, crois-moi.

J'acquiesce sans vouloir partir dans des explications foireuses. La silhouette de Tara se fait engloutir par les portes et je repars vers mon défouloir pour évacuer les dernières ondes négatives.

Je craque mon cou et j'entends la voix de mon plus fidèle ami chuchoter quelque chose derrière la poutre en fonte derrière laquelle il s'est lâchement caché à l'arrivée de Tara.

— Tu ne peux pas le dire tout de suite à Julia, souffle-t-il.

— Pourquoi pas ? Tara a raison, elle n'a aucune idée de l'homme avec qui elle vit et…

— Ce n'est pas le plan Dean. Tu le sais très bien.

— Sauf qu'on n'a plus aucune nouvelle des gars depuis des jours, noté-je. Qui te dit que le plan n'est pas tombé à l'eau ?

— Je…

Il s'arrête et je frappe sans protection le sac avec toute la haine que cette situation me provoque. Je suis pieds et poings liés dans cette affaire.

Je n'ai pas envie de continuer de mentir à Julia mais gâcher des mois de préparation pour de l'impatience n'est pas utile non plus.

— Si tu es dans une situation complexe, tu lui dis. Sinon tu continues de te taire, lâche-t-il avant de sortir.

Sa silhouette de colosse disparaît par la porte arrière et je suis persuadé que personne ne l'a vu ni entrer ni sortir. Cet homme est un fantôme et je lui fais confiance.

Si je dois garder le secret encore quelque temps, je le ferai. Qu'importe ce que cela me coûte, c'est aussi la sécurité de Julia qui est en jeu.

Chapitre 1
Julia

Présent

Mes cheveux attachés en vitesse, le bipeur qui ne fait que sonner et les bouchons qui ont été plus insupportables que jamais, cela ne peut être qu'un signe. Aujourd'hui, il ne fallait pas se lever. James n'a pas arrêté de me dire que ces derniers temps, je dérape. Que je défends les mauvaises personnes et que je vais m'attirer des blâmes à l'hôpital à ce rythme-là. Je ne l'écoute pas. L'important, c'est d'avoir fait la lumière sur les agissements de ce porc de pseudo-chirurgien et d'avoir disculpé Dean. Même le nom de cet homme ne fait plus partie de mon vocabulaire. C'est décidé, à partir de maintenant, je ne pense plus ni ne parle à ce bellâtre insupportable. Aujourd'hui est notre dernière garde en commun. Ensuite, je prends celles de Nina. Elle me doit bien ça après son dérapage de l'année passée.

J'inspire avant de pousser les portes des urgences. Pour une journée horripilante, elle l'est. Même pas dix minutes que j'ai démarré mon service et on vient de nous annoncer qu'une usine était à l'arrêt après une suspicion de fuites de gaz. À ce qu'a compris notre chef des urgences, il s'agit de vapeurs très toxiques et nous devons tout de suite évaluer les dégâts sur les employés. Certains paraissent déjà symptomatiques. Aucun danger pour nous, c'est rassurant, mais j'ai l'estomac noué quand mon résident s'approche de moi pour me souffler ces quelques mots.

— Voyage scolaire... étude entrepôt... infectés potentiels.

Il n'y a pas pire dans notre métier, que de voir des enfants souffrir sans pouvoir les soigner. Des équipes sur place tentent de trouver le produit qui a fui, mais pour l'instant, nous allons traiter à l'aveugle et sûrement perdre des patients.

— Julia, tu es la plus douée pour parler avec les enfants. Le bus arrive en premier, je veux que tu prennes les cas les plus atteints. Tu dois les rassurer et apprendre le maximum de choses sur ce qu'ils ont vu ou touché ces dernières heures. Ils pourraient avoir des indices à nous donner.

— Et les adultes ?

Le médecin fait une moue plissée que je commence à connaître.

— Inconscients pour la plupart. Leur état s'aggrave vite selon les ambulanciers. Nous n'avons pas beaucoup de temps. C'est la Station 21 qui arrive. Huit véhicules d'après nos informations.

Il active son chronomètre et je l'imite. Dans ce genre de moment, chaque seconde compte et depuis le début de l'année, le docteur Swen m'a appris une chose, avoir toujours l'esprit sur le temps. Nous ne devons pas oublier que nous courons après le seul élément qui ne s'arrêtera pas.

Nous ne pourrons jamais aller aussi vite, mais il ne faut pas le perdre de vue, sinon le patient est mort.

Je n'ai jamais eu envie dans mon cursus de choisir les urgences. D'ailleurs, je devrais m'arrêter cette année si James et moi continuons nos projets. Néanmoins, j'ai dans un coin de ma tête l'idée de poursuivre. Il y a tellement de spécialités différentes. Le service des urgences est trop angoissant pour m'imaginer y travailler toute une carrière, mais je suis admirative de la force du responsable des soignants. Il est méthodique et fédérateur. C'est agréable d'œuvrer auprès d'un tel homme. Swen est spécialisé dans les traumatologies. En un coup d'œil, il annonce un diagnostic souvent très bon. Précis, observateur, j'apprends énormément à ses côtés et je ne changerais pas mon service pour la cardiologie. Même si les tâches qui m'incombent ne sont pas glamours, ici je n'ai aucun risque de croiser monsieur sexy partout ou de sympathiser avec un chirurgien violeur. Les urgences sont ma zone de sécurité à l'hôpital.

Mais dans ce genre de moment, je regrette le calme des étages, où les opérations sont régulées et organisées à l'avance. Ici, c'est un amas de surprises.

Et celle qui arrive aujourd'hui n'a rien à envier aux autres.

Un peu perturbée de savoir que je vais toute seule donner un diagnostic à des enfants, je me surprends à me ronger les ongles. Pas d'Harold en vue, c'est le problème des urgences, il n'y est quasiment jamais. De toute façon, avec ce qui lui arrive, je n'ai pas envie de l'embêter avec mon stress. Je croise plusieurs internes familiers. Ils viennent chercher une patiente pour une opération du fémur. La spécialité de chirurgie ostéopathe ne m'a jamais attirée et je ne les envie pas de partir avec la charmante Olga. Une retraitée ayant voulu faire une vidéo drôle avec un skate-board. Problème, en 75 ans d'existence, elle n'avait jamais été sur ce genre d'engin. Selon son petit-fils, la vidéo de sa chute est virale. Ce qui a ravi la grand-mère même si je doute qu'elle connaisse la signification de ce mot. J'ai bien vu que l'amour et la fierté dans les yeux de son petit-fils valaient toutes les souffrances du monde. Après l'opération, elle devra faire des mois de rééducation, mais je ne l'ai pas vue se plaindre une seule fois. Avoir des patients comme elle dans le service est plutôt rare. Souvent, on entend surtout des gémissements, des hurlements ou des pleurs avant qu'on leur injecte une dose suffisante d'antidouleurs. D'un seul coup, le service devient calme jusqu'à la prochaine vague.

D'ailleurs, elle arrive. Et celle-ci risque de nous submerger bien vite. La blouse blanche impeccable sur le dos, je m'avance vers le premier chariot des ambulanciers.

— Garçon, 12 ans, douleur à la poitrine et difficulté à respirer. Sous oxygène depuis trois minutes...

L'ambulancier continue et je note mentalement les informations importantes. Je le considère comme prioritaire quand la suivante, une petite fille de 12 ans également arrive sur un brancard, se tordant de douleurs et évacuant une grande quantité d'hémoglobines par la bouche.

— Cela dure depuis longtemps ?

— Non. À peine sorti de l'ambulance, elle a commencé à...

Il s'arrête pour regarder le garçon à côté de nous remplir son masque à oxygène de sang.

— Et merde, juré-je. Il va s'étouffer.

Je me retourne d'un seul coup vers le brancard du jeune homme et ôte son masque. Ses yeux sont révulsés et il crache du sang.

— Il faut l'intuber.

En quelques secondes, le hall se transforme en chambre et deux infirmières m'assistent tandis que l'ambulancier nous pousse loin des regards curieux des autres patients des urgences. Au moment où l'air réalimente ses poumons, le garçon reprend des couleurs. Une mèche de mes cheveux capricieux retombe sur ma joue. Je tente de l'enlever avec mon poignet quand l'une des infirmières me désigne un peu maladroitement.

— Vous avez du sang proche de la bouche, indique l'ambulancier Alton pour me faire comprendre le geste de ma collègue.

Je le retire rapidement avec ma blouse, mais ma tension monte. J'espère que ce sang ne portait rien de viral.

— Allons voir l'autre fille, dis-je aux deux infirmières.

Elles acquiescent et me suivent. L'ambulancier est déjà sur le départ pour aller chercher d'autres victimes.

— On revient vite, indique-t-il. Liss, on y va !

Sa collègue signe un papier avant de courir vers leur véhicule. Une partie de moi espère qu'ils iront bien tandis que l'autre se concentre sur notre situation de crise.

— Dean, on a besoin de toi en 3. Un père de famille, 30 ans sans antécédents, il convulse et perd du sang par les voies respiratoires.

Je tends l'oreille, non pas pour Dean, mais les symptômes. Ils paraissent identiques à ceux de mon patient. Je n'ai pas le temps d'en savoir plus que je retrouve la fillette. Elle est mieux que le garçon. L'hémoglobine qu'elle rejette l'affaiblit, mais ses voies respiratoires n'ont pas l'air obstruées.

— Ça t'arrive de cracher du sang ? demandé-je, comme si de rien n'était en commençant mon auscultation.

— Non. Je ne vomis jamais d'habitude... j'ai réussi à me retenir longtemps pourtant.

— Longtemps ? Depuis quand as-tu envie ?

Elle réfléchit tandis que je lui insère une spatule en bois dans la bouche pour voir le haut de sa gorge. Rien de particulier si l'on enlève les reflux de sang.

— Depuis le monsieur ce matin.

Je regarde ma montre. Il est encore tôt, elle doit parler de l'usine, mais je préfère être sûre.

— Quel monsieur ?

— Celui avant d'aller à l'usine. Notre maîtresse nous a dit qu'on devait partager le bus à cause de l'argent. Et il a vomi du sang dans son sac. J'ai eu envie de vomir un peu après, mais je me suis retenue.

— Cet homme, tu lui as touché la peau ?

— Non... mais Monica, oui, se souvient-elle.

— Elle est où Monica ?

— Je ne sais pas. Nous avons été séparées par les messieurs de l'ambulance. Moi, je suis montée dans la colorée et pas elle.

Je déglutis. Et fais signe à une des infirmières de rester avec elle.

— Swen !

J'arrête mon résident en pleine course.

— Il y a des enfants morts ?

— Une pour le moment. Une petite fille.

Il s'éloigne déjà et je reviens vers ma patiente, plus angoissée que jamais.

— Monica est...

Elle rejette une nouvelle fois du sang dans la bassine mise à disposition par les infirmières avant de reprendre :

— Où ?

Travailler avec les petits est compliqué. En tant que médecins, nous avons toujours l'impression qu'ils comprennent tout avant qu'on ait besoin de leur dire.

Et leur cacher des choses s'avère souvent plus complexe qu'avec les grands. J'ai une hypothèse, soit ils disposent d'une faculté d'observation plus élevée soit ils ont trop l'habitude d'entendre les mensonges des adultes et n'y croient plus.

— Je n'ai aucune idée d'où elle est actuellement. Sûrement dans un camion pour venir ici.

Je ne mens pas. Théoriquement, je ne sais pas où elle est. Et même si mon instinct s'avérait bon, elle se trouve dans un camion. Quoique plus glauque que celui des ambulanciers.

— J'ai besoin que tu me dises si tu as touché Monica après le bus.

La petite fille me regarde sans trop comprendre avant de coopérer sagement.

— Oui, on devait être par deux. On s'est tenu la main.

Sa réponse enfantine me brise le cœur. Comment pouvait-elle savoir ce qui se passait ? Je me retiens de la prendre dans mes bras et indique très discrètement à l'infirmière de ne pas s'approcher de la fillette.

— D'accord. As-tu eu d'autres contacts après ? Ou Monica ?

— Oui. On s'est disputée très fort, car elle voulait être à côté de Tomy au retour dans le bus. Je lui ai dit qu'elle était plus mon amie et elle est partie dans une partie de l'usine que la maîtresse n'avait pas vue. Elle a paniqué quand elle a remarqué qu'elle n'avait plus personne à qui tenir la main.

— Toi tu as pris la main de ta maîtresse ?

— Oui. Et j'ai été punie. Je n'avais plus le droit de jouer à la pause.

— Qui a trouvé Monica ?

— Des hommes...

— Combien ?

— Peut-être dix...

C'est très vague et effrayant ce chiffre.

— D'accord. Peux-tu me dire si la maîtresse a pris la main d'autres enfants ?

— Je crois celle de Katy parce qu'elle est tombée et elle avait mal. Et elle a serré la main à beaucoup de vieux messieurs en costume comme quand mon papa va travailler.

Je ne dis rien et m'éloigne un peu. Mon esprit tente de faire le tri quand Dean arrive brusquement devant moi.

— Ne me touche pas, dis-je, presque menaçante.

— Julia, ça va. Je n'ai jamais eu l'intention de t'agresser, réagit-il sur la défensive.

Je frissonne malgré moi au son de sa voix. Cela fait si longtemps que je ne l'avais pas entendu directement. Puis je me ressaisis.

— Ce n'est pas pour ça. Je pourrais être contaminée, expliqué-je.

— De quoi tu parles ? Les experts disent que c'était dans l'air de l'usine.

— Parce qu'ils n'ont pas écouté le témoignage de victimes. Cette petite est une mine d'informations à elle seule et...

Le corps de ma patiente se met à convulser et son pouls s'emballe. Je pivote et Dean me suit. L'infirmière arrive avec les palettes de réanimation avant même que Dean le formule. Il dégage la poitrine de la jeune fille et place les palettes avant de choquer. Une... deux... trois...

Le décès de la patiente est confirmé après plusieurs minutes à tenter de la sauver. Atterrée, je l'observe sans bouger quand des infirmières me passent trop près. Leurs bras me poussent, me touchent et ce n'est que lorsque Dean m'attrape l'avant-bras par-dessus la blouse que je réagis.

— Ne me...

Je ne termine pas ma phrase en voyant qu'il porte un gant à la main qui me serre.

— Oui, tu es potentiellement contaminante, j'ai bien compris. Mais maintenant, il va falloir m'expliquer pourquoi tu penses ça.

— Dean, on n'a pas le temps pour...

— Julia, dans ma vie je n'ai pas toujours pris le temps pour écouter ceux qui en avaient besoin. Et si je suis devenu médecin, c'est pour ne plus faire la même erreur. Alors tu vas t'asseoir dans un coin et me laisser t'examiner.

Ses yeux me lancent des éclairs et je m'apprête à baisser les armes quand un nouveau brancard arrive.

— Homme de 55 ans, arrêt respiratoire.

Au vu du sang qui macule la veste de l'ambulancier, je sais qu'il fait partie du lot.

— Faites attention, il pourrait être contagieux, lancé-je à Owen et un autre interne.

Les deux médecins échangent un regard lourd de sens, avant de s'écarter du brancard.

— Relwood, vous avez des informations que nous n'avons pas ?

Je revois le visage de la jeune fille encore en vie il y a quelques instants.

— La patiente 6, 12 ans, arrêt cardiaque après expulsion d'une quantité importante de sang a eu le temps de lui parler, relate Dean sans que j'aie besoin de lui expliquer. Il semblerait que nous soyons potentiellement en présence d'une épidémie.

— Quelle sorte ?

Cette fois-ci, il ne sait quoi répondre à ma place. Je me ressaisis avant d'avouer moi-même la zone d'ombres autour de ma certitude.

— Contamination par contact à priori. Premiers symptômes douleurs thoraciques et sang dans le système respiratoire. La plupart crachent rapidement de l'hémoglobine.

Je tente de lister les autres paramètres que j'ai pu rassembler quand une femme d'environ trente ans titube dans le hall.

— Aidez-moi, je...

Son corps bascule en avant et une infirmière a le temps de la rattraper de justesse. Au moment où ma collègue la relève, Owen recule. Le visage de l'inconnue est recouvert en partie de sang. Son menton disparaît sous le flux et ses yeux papillonnent de droite à gauche, signe qu'elle n'est plus vraiment consciente.

— Faut prévenir les autres étages. Que personne ne sorte d'ici, hurle-t-il en s'approchant du téléphone de l'accueil.

En tant que chef des urgences, Owen vient vers nous pour comprendre de quoi il retourne. Brièvement, l'interne présent lui fait un résumé de la situation tandis que j'invite l'infirmière à laisser la malade sur un brancard pour qu'elle puisse se désinfecter les mains rapidement.

— Madame, je sais que c'est terrifiant, mais vous devez garder votre calme, soufflé-je à la patiente. Nous allons vous intuber pour éviter que vous vous étouffiez avec le sang, mais avant j'aimerais connaître votre nom et votre fonction et si vous savez pourquoi vous êtes dans cet état-là.

Elle me fixe, paniquée. Avant d'ouvrir la bouche qu'elle s'efforçait de maintenir fermée à cause du flux important de sang qui s'en découle.

— Mai... tr.... tresse.

J'écarquille les yeux. Les paroles de la jeune fille de toute à l'heure résonnent alors en moi. « Je crois celle de Katy » c'est cette petite fille qui a touché la maîtresse juste après selon elle.

L'interne à côté de moi m'indique qu'il doit l'intuber et je me recule.

— Nous avons une Katy ici, crié-je.

Nous n'avons pas l'habitude de crier ici et encore moins des noms de patients pour lequel nous sommes tenus au secret médical. Mais en cas de contagions, les cartes sont redistribuées. Nous devons être rapides et efficaces.

— Une Katy ici.

L'infirmière qui vient de lever la main est à côté d'une patiente. J'accours avant de voir qu'il s'agit d'une femme d'un certain âge.

— Je cherche une enfant, dis-je.

— Pardon.

Elle s'excuse et reprend son travail. Je tourne autour de moi. La plupart des box des urgences sont pris d'assauts par les arrivées de l'usine. Si j'en crois la mine déconfite de mes collègues, je ne suis pas la seule à avoir perdu un malade.

— Trauma 2, déclare l'un des chirurgiens descendus pour récupérer des cas. C'est alors que je me souviens de tout à l'heure.

Ma patiente Olga qui montait en compagnie de son petit-fils dans les étages. Ce dernier a touché le bras de cet homme assis près d'Owen. Et cette personne n'a pas l'air bien du tout.

— Monsieur ?

Je m'approche de lui et constate qu'il a perdu connaissance sur sa chaise d'attente. Je demande à une infirmière de m'aider à le soulever pour le transférer sur un lit.

— Quelqu'un s'est occupé de lui ?

La soignante observe le bracelet à son poignet.

— Ce n'était pas un cas prioritaire. À première vue, je dirais qu'il se sentait essoufflé, mais sans vertige.

— C'est vous qui l'avez entré ?

— Non, j'ai simplement une bonne mémoire auditive et il me semble avoir entendu ça de sa bouche toute à l'heure.

Je reste très impressionnée de la précision de son information, malgré la situation précaire.

— Il ne faut pas le perdre, soufflé-je. Je dois savoir s'il a un quelconque lien avec les autres, sinon nous avons un gros problème.

Je déglutis pensant au petit-fils de Olga qui a pu toucher un bon nombre d'hommes et de femmes travaillant ici, visitant un proche ou un malade. Quoi qu'il en soit, il paraît extrêmement contagieux et il n'y a pas pire comme lieu pour tester la résistance d'un virus.

— Julia, je vais devoir remonter, mais...

Il s'arrête sans terminer sa phrase. Mon esprit aurait bien aimé le voir s'épandre en conseils et sollicitations médicales, mais l'alarme des urgences nous paralyse tous.

« À tout le personnel soignant et aux patients. Vous êtes dorénavant sous quarantaine. Nous allons revenir vers vous très rapidement pour vous informer des modalités. »

— Elle aurait pu rajouter « pour cause d'une potentielle épidémie mortelle », s'exclame Owen. Je demande de l'aide et voilà qu'on nous parque dans une seule unité. Nous allons donc devoir soigner en prévenant une maladie invisible qui a l'air de s'étendre comme une traînée de poudre.

— Julia, il faut qu'on parle vraiment.

Le ton de Dean est sans appel et je ne cherche pas à me défendre. Si les urgences sont bouclées, les ambulances seront redirigées vers d'autres centres de soins. Ce qui signifie qu'ils ont l'intention de laisser mijoter le virus seulement dans notre petit service. Une bonne technique si on n'est pas à l'intérieur, prêts à se faire broyer.

Chapitre 2
Dean

Passé

Signal d'alarme qui résonne.

Je me frotte les yeux quand je crois la voir passer. Impossible que ça soit elle. Ce n'est pas...

— Fiston, bouge-toi, c'est l'heure d'aller au lycée. Ton réveil ne fait que te hurler dessus depuis vingt minutes.

Je me réveille en sursaut. Les cheveux courts, trop pour mon visage carré, une peau de jeune adulte et une barbe naissante. Dix-neuf ans jusqu'au bout des ongles.

— Papa ?

Ma voix est pâteuse. C'est le problème quand on émerge brutalement. J'avale ma salive plusieurs fois puis recommence :

— Il est quelle heure papa ?

— Presque 8h et...

— Merde, juré-je. Je devais passer à la caserne de pompiers avant d'aller à ma première heure de cours.

Je saute du lit, enfile rapidement ma tenue de la veille sans y faire attention et descends les escaliers en trombe sous les conseils de mon père que je n'écouterai pas.

— Mange un bout quand même.

Il sait que je ne vais pas avoir le temps, mais il tente d'être un bon père. Je respecte ça. Mais ce n'est pas le cas. Dès mon départ, il se mettra dans un état minable à cause de notre situation. Pour le moment, nous tenons sur mes économies et mon petit emploi à la caserne. J'ai eu de la chance de tomber sur des pompiers compréhensifs, qui m'ont donné avant de pouvoir m'engager de quoi subvenir à nos besoins. Je dois maintenir la caserne en état et nettoyer leur tenue pour qu'ils soient prêts à sortir dans de bonnes conditions, mais la plupart du temps je joue l'infirmier à panser leurs blessures. Ils disent que je suis fait pour ça.

— Tu fais des miracles, répète sans cesse le major de la caserne.

— Miracles, miracles... grogné-je. J'ai surtout le chic pour être en retard.

Mes baskets claquent sur le sol tandis que j'arrive au coin de la rue qui m'intéresse. Ma bonne forme physique m'a permis d'avoir rattrapé mon retard.

Je ne suis pas en avance, mais au moins je pourrais parler à mon supérieur avant d'aller au lycée. Quand il me voit, son visage s'illumine.

— Dean, j'ai craint que tu ne viennes pas !

— Pourquoi aurais-je fait ça ? m'étonné-je.

— Tu aurais pu avoir peur de l'avenir. Peu de jeunes comme toi se lancent vraiment dans l'aventure en fin de compte !

— Oh si. Ma copine me tuerait sinon. Je ne parle que de vous nuit et jour et elle compte bien me prendre en photo en tenue pour mon premier jour.

Il me tape dans le dos, fier d'entendre ça. Même si mon père fait de son mieux, cet homme reste ma meilleure figure paternelle et surtout un exemple que je dois suivre. Comme tous les autres membres de la caserne, je le considère comme ma famille. Quand je viens ici, j'ai beaucoup de mal à partir et ils sont souvent obligés de me ramener pour que je ne dorme pas sur place. Ils ont eu beau vouloir me faire des blagues au début en me donnant les pires tâches à faire, je n'ai jamais lâché. Depuis l'âge de mes quatre ans, quand je suis monté dans un camion de pompiers après avoir fait une crise d'angoisse importante en voyant un feu d'artifice pas vraiment contrôlé, je sais ce que je veux faire. Je me souviens de l'urgentiste qui m'avait examiné. Il était spécialiste, un médecin en uniforme de pompier et j'avais compris que c'était ça. Être dans ce camion rouge et sortir là où on avait besoin de moi. Ma mère ce jour-là avait remercié une bonne dizaine de fois mon sauveur et je trouvais ça incroyable d'être un jour l'homme qu'on remercierait plus que tout. Je voulais changer la vie des gens, en les aidant. Je bombe le torse par réflexe lorsque nous pénétrons dans la caserne. Quand j'entre dans ce lieu, une fierté émane de tout mon être. Je vibre au rythme des allées et venues de mes futurs collègues.

— Tu n'as qu'à signer les papiers et on voit le reste de la procédure à 18 heures tapantes.

J'acquiesce et paraphe le bout de contrat qu'il me tend. J'ai tellement hâte d'être apte aux services. Mais le chemin est encore long et je le sais. Je dois être persévérant. J'ai attendu quinze ans pour être ici, je peux bien prendre mon mal en patience encore un peu. Je le remercie encore une fois, lui souhaite une bonne journée et me précipite vers l'extérieur en fixant ma montre. 8h20. Impossible d'être au lycée dans dix minutes. Je soupire en accélérant mon pas de course. Ma manie d'être en retard sera bientôt un problème pour la direction et je n'ai pas le droit perdre mon seul pass pour ma carrière de pompier. À bout de souffle, j'arrive à la grille à 8h33. Le retard est minime et mon professeur m'aperçoit de la fenêtre. Son cours de langues étrangères m'apporte de très bonnes notes et cet homme m'apprécie pour ma participation active. Je suis loin d'être un élève excellent, présent et ponctuel, mais quand je suis là, j'essaie de rendre mon temps utile. Certes, j'ai du mal avec certaines matières notamment la géographie. Je m'insurge souvent qu'on qualifie certains pays de façon caricaturale. Mon père adore regarder des émissions sur les régions du tiers monde et j'ai appris à apprécier au fil du temps. Cela m'a montré à quel point notre pays ne se soucie pas encore assez de ce qui se passe hors de nos frontières. Si l'on ne peut pas aider, on ne doit pas juger. C'est mon principe. Je détale dans le couloir, m'excuse de mon retard et m'installe au fond de la classe pour ne déranger personne. Plusieurs regards se posent sur moi, mais je n'en vois qu'un. Aujourd'hui, elle porte de longues nattes sur les deux côtés de son visage et sa petite robe de mi-saison lui va à ravir. Ses fossettes et son sourire pétillant me donnent la force d'écouter une heure de langues incompréhensibles. Ses doigts se posent sur ses lèvres jointes et s'avancent d'un seul mouvement vers moi, m'envoyant un doux baiser que je réceptionne. Elle glousse à mon geste d'un romantisme niais et se retourne pour assister au cours. Est-ce possible d'avoir une aussi jolie, formidable et gentille copine qu'elle ? Pas besoin de connaître la réponse pour savoir à quel point je suis chanceux.

Jenny Maintorn, la plus belle fille de ce lycée n'a d'yeux que pour moi et je peux dire que c'est réciproque. Si je souhaite devenir pompier, c'est aussi pour elle. Notre avenir commun avec des enfants et une grande maison. Certes, il faudra être patients. Surtout parce que ses parents sont si religieux qu'ils ne connaissent pas encore mon identité et ce n'est pas près d'arriver. Cela m'agace parfois de me dire que mon père adore Jenny et la côtoie comme si c'était sa fille tandis que moi, je suis un illustre inconnu pour sa famille. Elle n'a pas osé dire qui j'étais sûrement à cause de mon passé brumeux.

Deux redoublements, une année sans aller à l'école... ce n'est pas très glorieux pour l'adjoint au maire. Surtout que Jenny est mineure contrairement à moi. En la regardant de dos pourtant, personne ne pourrait y croire. Elle paraît si mature pour son âge. Depuis que je l'ai rencontrée, moi aussi j'ai pris en maturité. Je traînais, allais à la dérive, je séchais les cours. Plus aucune activité ne me maintenait en place puisque j'étais en colère. Une sourde et profonde colère contre ma mère, partie depuis quelques années de notre maison. Elle n'avait même pas cru bon de m'emmener. En un claquement de mains, je m'étais retrouvé avec mon père, déprimé et perdu, sans explication. Jenny a été le rayon de soleil et m'a aidé à m'accrocher à mon rêve de toujours que je commençais à oublier. Elle m'a soutenu.

Je me souviens encore de notre première discussion en dehors du lycée. Elle attendait le bus et moi, je restais dehors le plus longtemps possible. Elle m'avait demandé où j'allais par cette pluie horrible et si je ne prenais pas le bus. Je lui avais répondu un banal :

— Nulle part. On n'a pas toujours besoin d'une destination pour vivre.

Elle avait rigolé. D'un rire si franc et simple que j'avais tressailli. Personne ne riait autour de moi depuis si longtemps. La voiture des gars avec qui je traînais depuis un moment s'était arrêtée de l'autre côté de la rue et elle avait froncé le nez. J'avais répliqué un peu trop vite à son expression.

— Oui, je sais. Les mecs comme nous ça te dégoûte.

Jenny avait relevé les sourcils. À l'époque, je jugeais les gens très rapidement et elle le voyait bien.

— Tu ne me dégoûtes pas, avait-elle assuré. D'ailleurs, si tu veux traîner avec quelqu'un d'autre sous la pluie un de ces jours, sans destination, juste comme ça, je suis là.

Sur ces paroles étonnantes, elle était montée dans le bus. J'avais mis deux mois à lui reparler, persuadé qu'elle se moquait de moi. Finalement, un autre jour de mauvais temps, je lui avais proposé de marcher. Nous avions alors discuté tout le long et notre histoire avait commencé ainsi.

Nous ne nous voyons jamais dans l'enceinte du lycée. Sa sœur pourrait nous apercevoir et la dénoncer à ses parents. De ce que j'ai compris au fil du temps, devenir pompier annihilerait les préjugés et nous permettrait d'être ensemble. Cela me donne une double raison pour travailler dur et réaliser mon rêve d'enfant.

— Sortez vos livres pages 72-73. Ashton, vous avez votre matériel ?

Je grimace au nom que le professeur utilise. Depuis le départ de ma mère, je demande à mes proches de n'employer que mon deuxième prénom, choisi par mon père et non ma mère. Dean reflète une nouvelle vie, sans elle. Je n'ai pas besoin qu'on me rabâche sans cesse qui j'aurais dû être si elle n'avait pas fui. Notre vie d'avant, je l'aimais. Nous avions une grande maison, une famille soudée, des amis aussi. Maintenant, plus personne n'adresse la parole à mon père. Dans un divorce, il faut choisir un camp, ils ont pris celui de ma mère. C'est normal, elle a de l'argent et du pouvoir comparé à lui. Ce n'est jamais désintéressé l'opinion des autres.

— Je l'ai, monsieur.

Je ne relève pas le nom, car ici personne ne connaît ma situation. Si je demandais à être appelé Dean, ils se pencheraient sur mon cas.

Mon oncle a dû déjà faire des pieds et des mains pour qu'on m'accepte dans cette école alors que je n'avais pas le meilleur passif scolaire. Je ne sais pas comment il a réussi, mais pour lui et ses efforts, je me dois de garder cette place coûte que coûte. Même si pour ça je dois entendre l'horrible patronyme Ashton. Avant, mes amis m'appelaient Ash parce que j'étais imbattable en sport de combat. C'était une passion depuis tout petit et je m'étais dit que c'était un point positif pour pompier, jusqu'à il y a un an. J'ai utilisé mes poings pour autre chose que de me défendre. Depuis, je me suis juré de ne plus le faire.

J'ai beaucoup de principes qui régissent ma vie à l'heure actuelle.

— S'il vous plaît, pensez à réviser, le contrôle n'est pas là pour vous descendre puisque je vous préviens, entonne une dernière fois le professeur.

Je souris. Il n'y a pas meilleure façon de faire un cours que sa manière. À chaque fois que nous sortons, aucun élève de sa classe n'a envie de le décevoir.

— Ashton, glousse une des amies de Jenny.

Je relève les yeux et tente d'éviter le regard de ma copine pour écouter celle dont je ne me rappelle jamais le prénom.

— Je fais une fête.... Samedi et je me disais euh... que... tu pourrais venir ?

Elle me fait du rentre-dedans depuis un moment déjà et je ne sais pas comment calmer ses ardeurs sans révéler notre petit secret.

— C'est sympa, mais je serai à la caserne de pompiers, avoué-je, à demi-mot.

Je n'aime pas parler de mes activités extra scolaires, mais aujourd'hui je n'ai pas le choix. Sans une bonne excuse, cette fille ne lâchera jamais l'affaire.

— Whoa, je ne savais pas que tu étais pompier, s'exclame-t-elle, visiblement pas vexée du tout de mon refus.

Jenny se balance d'un pied à l'autre, mal à l'aise face à la situation et je tente de couper court quand elle reprend :

— Jenny a rencontré un policier plutôt charmant. Ça pourrait être sympa de faire des sorties à quatre, deux hommes d'action et deux jolies filles, c'est génial non ?

Je reste muet. Premièrement parce qu'elle vient de sous-entendre que ma Jenny voit quelqu'un d'autre. Deuxièmement, cette fille fait comme si nous sortions déjà ensemble. Ma mâchoire se contracte et je suis obligée de beaucoup prendre sur moi pour ne pas exploser devant toutes ces jeunes femmes prêtes à colporter des ragots.

— Je n'ai pas beaucoup de temps libre, dis-je sans regarder Jenny une seule fois.

La colère qui monte en moi tente de chercher une explication aux paroles de cette fille. Il est possible que ma copine ait simplement inventé cette histoire pour leur faire arrêter de l'interroger sur sa vie personnelle. J'essaie de me raccrocher à ça quand la collante se remet à parler.

— Tu devrais venir à notre soirée, ça serait super sympa, insiste-t-elle. Même après ton service.

Je lève les yeux au ciel par réflexe. Ce n'est pas un service, mais une garde. Je ne suis pas policier moi. À cette simple constatation, je sens une douleur vive dans la poitrine.

— Je dois y aller, mais je vais y réfléchir.

Je dis cela uniquement pour me débarrasser du groupe, mais cela semble lui convenir parfaitement. En quatrième vitesse, je prends mes jambes à mon cou pour m'éloigner le plus rapidement de ces filles et de Jenny avec qui je vais devoir avoir une discussion honnête. Ma montre indique 10h20. Impossible de sécher les deux cours qu'il me reste et pourtant ce n'est pas l'envie qui me manque. Essoufflé, je profite des vingt minutes de pause pour me calmer dans un coin peu fréquenté des élèves. J'ai à peine fermé les yeux qu'une voix plus que familière me parle à travers les grilles de l'enceinte.

— Alors mon vieux, tu fais quoi de beau chez les prisonniers ?

Les yeux moqueurs de James me fixent. On a été dans les mêmes classes toute notre vie avant que je parte en vrille. Lui, dix-neuf ans, n'a plus besoin d'être ici comme un lion en cage. Son visage est angélique et pourtant ce qui s'y cache en dessous n'a rien de mignon. Je n'ai jamais rencontré un homme aussi déroutant que lui. Brillant à en énerver plus d'un, arrogant comme jamais et bagarreur à ses heures perdues, James fait partie des élèves que je ne côtoyais pas avant mon changement de comportement. Je le connaissais de vue, l'évitais souvent et espérais ne pas devenir une de ses victimes. Dans chaque école, il y a un bourreau. Du plus loin que je m'en souvienne, James était l'un d'eux depuis la maternelle. Et même sans être ici, il continuait de terrifier tout le monde. Tout le monde, sauf moi. Depuis mes petites vrilles, je n'avais que faire de ses paroles assassines. C'est comme ça que James avait commencé à m'apprécier. Il disait se voir en moi, mais qu'il avait tout simplement plus de classe dans sa façon de détester le monde. Être un bourreau n'est pas extraordinaire, chaque génération en possède. Mais avoir un James dans sa vie est autre chose. Les adultes l'adorent plus qu'il ne le faudrait et les élèves le craignent pour la simple et bonne raison qu'il ne se fait jamais prendre. Il délègue et s'entoure de personnes louables. Je n'ai jamais compris comment il pouvait autant manipuler les soi-disant amis qui rôdent autour de lui. Un claquement de doigts et les mentalités changent pour lui donner raison. C'est ce qui est le plus effrayant chez lui. Je mets d'ailleurs un point d'honneur à le tenir éloigné du reste de ma vie pour cela.

Je m'approche des grilles pour l'empêcher de hurler une nouvelle fois. James n'est pas patient et je n'ai pas envie de partir dans une conversation agacée avec lui.

— Je fais rien. J'attends la fin.

La vérité est mieux avec James. Il sait toujours quand l'un de nous ment. Tandis que pour lui le mensonge est une seconde nature, il est impossible de dire ce qu'il pense réellement de nous.

— Tu as une sale tête... lance-t-il.

Je ris. Je veux bien le croire. Apprendre que sa copine te trompe peut-être depuis des mois et s'acoquine avec un homme à plaque n'est pas très joyeux. Néanmoins, je ne rentre pas dans son jeu. James souhaite simplement me faire cracher le morceau sur la raison de mon isolement volontaire. Mais je ne vais pas le lui offrir. Dévoiler ses cartes avec lui, c'est perdre d'avance la partie qui n'a pas encore démarré. Comparé aux autres de sa bande, je n'ai aucune confiance en lui. Néanmoins, il m'a ramassé quand je n'allais pas bien. Il m'a aidé à canaliser ma haine sur des actions précises. Même si cela n'était pas bon pour mon avenir et moi, je le remercie de m'avoir sauvé de la dérive un moment. Cependant, s'éloigner d'un James n'est pas chose aisée. Il voit bien que je vais mieux et que je reprends depuis quelque temps le chemin d'une vie rangée et cela ne lui plaît pas. Il veut maintenir ses oisillons dans le nid et décider en temps et en heure de leur envol. Lui-même a une existence extrêmement clean et n'a rien contre le fait que nous suivions ses pas. Il doit simplement le choisir avec nous. Dernièrement, un de ses bras droits est parti à la faculté de Chicago. Nous étions surpris de savoir que James l'avait accepté avant d'apprendre qu'il avait lui-même tranché sur la spécialité et l'école. Il voulait de bons petits soldats partout. En échange, il offrait une aide financière pour les études de chacun. La peur et l'argent réglaient facilement les doutes de tous. Plusieurs fois, il m'a parlé de mon avenir. C'était pendant une période compliquée où je n'avais pas les idées claires, mais je me souviens bien qu'il était contre mon souhait d'être pompier. Il disait que ce n'était pas un vrai métier.

— On fait une petite fête ce soir, tu viens.

James ne pose pas de questions, il ordonne. Je grimace faiblement et réfléchis à ce que je pourrais dire.

— J'ai des devoirs et...

— Attends, tu ne vas pas me faire croire qu'en finissant à 16 heures, tu n'as pas le temps de les terminer et de venir boire un verre avec nous ?

La manie de cet homme à connaître avec exactitude nos moindres faits et gestes, emploi du temps d'école compris, me prend toujours au dépourvu. Aucune chance de trouver une excuse béton et il le sait.

— D'accord.

Je lâche ça en m'éloignant. Je vais devoir encore faire une nuit blanche. Les pompiers accepteront de me voir dès 16 heures et je partirai avant la soirée pour venir chez James. Mes devoirs attendront la nuit pour se faire. Le rythme que m'impose ce groupe est en train de m'épuiser petit à petit, mais je n'ai encore trouvé aucune façon de m'en débarrasser. S'ils m'ont aidé à une époque de ma vie, je le paie bien cher à l'heure actuelle.

En traînant des pieds, sous le regard suspicieux de James, j'avance vers le bâtiment où j'ai cours. Jenny tente de s'approcher, mais je siffle un « dégage » que notre observateur de l'autre côté de la grille n'a pas à entendre. Hors de question qu'il me voit avec elle. Ne jamais lui offrir de nouveaux atouts dans sa manche quand on s'apprête à négocier. Les yeux de Jenny se remplissent instantanément de larmes et elle me passe devant sans me regarder. Tant mieux, de loin personne n'a pu dire que nous avons eu un échange. Je m'en veux un peu d'avoir été aussi dur, mais j'ai encore cette douloureuse sensation qu'elle se moque de moi.

La sonnerie retentit quand j'arrive près la porte. Six heures de répit devant moi avant de remettre à flot ma vie.

Ce soir, je parle à James, c'est décidé.

Chapitre 3
Julia

Présent

Dean a une drôle de tête quand l'alarme se déclenche. Comme s'il venait de s'égarer dans des souvenirs lointains. Je l'observe un moment, mais Owen me tire par le bras. Je fixe Dean avant de le perdre de vue. On aurait dit qu'il était pétrifié. J'ai bien envie de m'assurer qu'il va bien, mais les urgences sont en panique. Le service craint une contamination globale alors je me dois d'être à 100 % à ce que je fais.

— Relwood, j'ai besoin de toi en box 6.

Je mets les gants et le masque qu'une infirmière me tend, pour coller à la procédure d'une potentielle contamination et cours vers ma patiente. Me voyant ainsi équipée, je suis bien consciente qu'elle panique et je tente de la réconforter.

— N'ayez aucune crainte. Nous gérons la situation. Ceci n'est que le protocole dans ce genre de contexte, nous allons nous occuper de vous, je peux...

— Je veux partir. Je ne suis pas si malade et d'autres hôpitaux pourront me prendre, dit-elle.

Je pince mes lèvres, mouvement qu'elle ne voit pas avec mon masque.

— Écoutez, je comprends très bien votre inquiétude, mais...

— Non, vous ne comprenez pas. J'ai une famille qui m'attend en dehors de cet hôpital. J'ai été amenée ici parce qu'un homme m'a violemment foncé dessus en vélo et il a cru que j'allais porter plainte s'il ne me portait pas secours. Si j'attrape une maladie mortelle à cause d'une toute petite foulure, je...

— Ce n'est pas une foulure, mais bien une fêlure. Nous devons réparer ça avant de vous laisser rentrer chez vous.

— Je pourrai partir tout de suite après ?

J'ai bien envie de lui répondre que oui, pour pouvoir la soigner convenablement, mais je n'ai pas le droit de mentir de la sorte à une patiente, même si c'est pour son bien.

— Pas pour le moment. Le service est mis en quarantaine par mesure de précaution, avoué-je.

Ce que je craignais arrive à la minute où je termine ma phrase. La femme saute de son brancard pour s'enfuir. Le choc sur sa jambe est si douloureux qu'elle tombe lourdement sur le sol en criant. Je demande une aide pour la relever, mais elle hurle de plus belle en voyant que je la touche.

— Non pas vous, précise-t-elle. Je veux quelqu'un qui n'a touché aucun patient des urgences !

Elle est sans appel et l'infirmière à côté de moi me lance un regard rempli de détresse. Je ne sais quoi faire quand Dean écarte le rideau de séparation.

— Bonjour, madame, puis-je être votre chevalier servant ? Je n'ai encore été en contact avec aucune femme aux urgences aujourd'hui. Je ne vous promets pas de ne pas l'avoir fait avant mon service si vous voyez ce que je veux dire.

Sa phrase salace et son ton enjôleur terminent de convaincre ma patiente qui accepte d'être relevée par le médecin. Je soupire de soulagement et Dean me fait un signe de tête pour qu'on parle plus loin.

— Je reviens très vite vers vous, assuré-je.

— Non. Vous, ce n'est pas nécessaire, lâche-t-elle sans tenter d'être aimable.

Je lève les yeux au ciel en essayant de ne pas montrer que son comportement m'atteint. Je suis Dean sans rien dire, même si être une pestiférée n'est pas agréable. La peur de la contamination est réelle et je la comprends. Nous sommes tous effrayés à l'idée de propager une maladie à notre patient sans le savoir et cela même sans une situation de quarantaine comme aujourd'hui.

— Ne te bile pas, souffle Dean. Elle avait simplement envie d'être dans les bras du plus beau chirurgien de l'hôpital.

Il tente de me faire sourire, mais je n'y arrive pas. Cette femme a peut-être raison, je suis peut-être contaminée et contaminante. Je n'ai pas signé pour faire du mal à mes patients.

— Julia, tu ne perds pas de sang, tu n'es pas fiévreuse et on a besoin de toi alors ne t'arrête pas aux paroles de cette femme, d'accord ? Pour le moment, tu as été la seule à réussir à faire un lien avec les victimes. Il faut avoir un maximum d'informations pour comprendre de quoi ils souffrent, les soigner et sortir boire une bonne bière après.

— Oui, tu as raison.

— C'est vrai ? Tu as enfin avoué avoir envie de boire une bière avec moi en public ? s'exclame-t-il. Il a beau faire l'imbécile, cela me fait rire et je lui tape dans l'épaule.

— Ce n'est pas drôle.

— Si. Puis tu viens d'oser me toucher, tu es guérie de la peur, c'est bon. J'ai fait mon travail.

Je lève les yeux au ciel avant de glisser un rapide merci qu'il entend, mais ne relève pas puisqu'une nouvelle vague d'ambulanciers arrive.

— On nous a dit de transférer tous les patients ayant des saignements et fièvres aiguës ici, déclare l'un d'eux que je n'ai jamais vu.

— Ce n'est pas bon signe, murmure Dean avant de s'avancer vers le premier brancard.

Je fais de même avec le suivant en montrant à l'ambulancier où le mettre. Visiblement, les deux patients sont à l'agonie et je me mords la lèvre de ne pas savoir quoi faire.

— On...

J'interromps l'infirmière qui allait m'interroger sur les mesures à prendre.

— Morphine. S'il a la même chose que les autres, aucune chance de survie.

Cela me tue de dire ça, mais Dean a raison, tant qu'on ne sait pas ce qu'ils ont, il nous sera impossible de les soigner. Juste de diminuer la douleur pour rendre les conditions un peu plus humaines.

— Qu'est-ce qui cloche avec eux, me glisse Owen. On vient d'intuber la mienne et elle n'a pas tenu plus de dix minutes. C'est comme si je n'avais rien fait. Il vient de perdre le sien et...

Il me désigne l'endroit où Dean a installé son brancard quand le monitoring de mon patient s'affole.

— Palette de réa, dis-je laconiquement.

Commencer la journée en perdant une fillette permet de se détacher de l'inévitable. La première est douloureuse, les autres font partie de notre boulot. Cela ne rend pas moins ou plus facile la mort d'un patient, mais plus supportable.

— On s'écarte. Chargé !

Le bruit électrique continue sous mes ordres avant que je déclare l'heure du décès. L'infirmière est livide, les autres médecins autour de moi aussi. Cela fait sept patients en moins de trente minutes qui viennent de mourir devant nous sans qu'on puisse changer quoi que ce soit.

— Et cela ne fait que commencer, dis-je pour moi-même.

Chapitre 4
Dean

Passé

— Tu n'es pas en forme aujourd'hui, fiston, lâche le capitaine de la caserne.

C'est la cinquième fois que j'essaie de monter cette foutue plaque.

— Écoute si tu veux avoir une promotion en interne, va falloir se bouger les fesses, dit-il.

Je sais qu'il tente de me motiver et qu'il n'y a rien de méchant dans ses paroles, mais je suis à fleur de peau et prêt à lui sauter à la gorge sans raison. Je dois vraiment me maîtriser et respirer si je ne veux pas péter un câble. L'heure avance vite et je dois terminer ce fichu exercice avant que James commence à me chercher. Mes phalanges s'accrochent au bois et elles blanchissent à vue d'œil. La douleur est forte, mais moins que la peur d'attirer l'attention du groupe sur moi. Je dois avoir la promotion sans que cela se sache et l'étau se resserre bien plus rapidement que prévu autour de moi. Je pourrais perdre la fille que j'aime et ne pas pouvoir réaliser mon rêve si je n'arrive pas à franchir cet obstacle de pacotille. Mais plus je m'énerve et moins j'obtiens de résultats.

— La tête froide, la tête froide, murmuré-je.

Le capitaine ne peut pas m'entendre d'où il est. Il se contente d'observer mon niveau plus que médiocre du jour.

Je pousse sur mes mains pour me tracter suffisamment pour utiliser mes avant-bras. Il me reste un centimètre quand un filet de sueur s'écoule lourdement sur ma tempe. Encore un instant à tenir et... deux phalanges de ma main droite craquent et je suis obligé de lâcher pour ne pas perdre l'usage de mes doigts pendant plusieurs jours. La brûlure envahit mon bras et je retombe à genoux. Le sol claque sur mes rotules et je retiens difficilement un cri de douleur. Le capitaine s'empresse de venir voir mon état, mais je me sens si pitoyable. Je suis faible. Personne ne voudrait d'homme comme moi dans sa caserne. Je suis loin d'incarner un combattant. Défaitiste et blessé, je suis prêt à retenter l'expérience quand Leeroy entre, fier comme un paon. Fils de pompier, petit fils de militaire et surtout excellent sportif, il brigue également l'un des postes bientôt libres. Face à lui, je n'ai aucune chance. Peu d'hommes l'ont. Sans un regard vers moi, il salue le capitaine et pose son sac de sport. Sans échauffement et préparation, il tend les bras en direction de la plaque de bois et l'atteint. Le saut qu'il doit exécuter pour le faire m'impressionne et à la fois m'enrage. Le chef l'observe monter avec une facilité déconcertante l'obstacle comme si cela n'en était pas un. À côté, mes efforts sont amoindris, voire ridiculisés.

— Parfait Leeroy, mais reste plus sur tes appuis inférieurs la prochaine fois, précise le capitaine en le voyant descendre.

Ce dernier acquiesce et s'éloigne pour s'entraîner sur les autres installations.

— Arrête de te comparer, mon petit.

Mon supérieur me dit ça en tendant une main vers moi.

— On n'est pas toujours le meilleur et ce n'est pas ça le plus important, sache-le. Ce qui compte, c'est la façon dont tu arriveras à faire sortir tes atouts comme des forces et combattre tes faiblesses avec ton équipe. Nous ne partons pas seuls au feu.

Je suis d'accord avec lui et le remercie pour ses encouragements. Sans cet homme et le reste de la caserne, je ne serais pas ici. Ils ont une confiance incroyable en moi et chaque jour, je leur en sais gré.

— Pars plus tôt ce soir pour soigner tes doigts. Je commence à me faire vieux, mais j'ai bien l'impression que ça a craqué.

Il me fait un clin d'œil et baisse les yeux penauds. Ce n'est pas très intelligent de ma part d'avoir insisté autant pour en fin de compte échouer. Néanmoins, je ne me pense pas vaincu et retenterai demain pour y arriver. Accéder à mon rêve n'est pas une option. C'est obligatoire. Je me bats trop depuis si longtemps pour ne pas réussir.

De plus, Jenny ne me pardonnerait pas mon échec et surtout mon manque de persévérance. Chez elle, c'est une véritable façon de vivre. Se démener pour obtenir ce que l'on souhaite ou ne rien entreprendre. C'est le credo de son père, un politicien très écouté ici. Si je veux un jour me faire bien voir par mon futur beau-père, j'ai encore du boulot. Je ne suis pas un battant de naissance, mais Jenny m'offre la force et le courage de réaliser mes rêves. Sans elle, je n'aurais pas pu remonter la pente dans laquelle je me frayais. Je le sais. Mais malheureusement, ce n'est pas aussi simple que ça. Dans mes bagages, je traîne James et il a beau vouloir ma réussite, elle sera toujours aux dépens de la sienne et de ses foutues règles. On ne peut pas prévoir sans lui. On ne peut pas décider sans le consulter. On ne peut pas vivre loin de lui. Beaucoup ont tenté de se défaire de son aura, personne n'a réussi sans y laisser de nombreuses plumes. Je sais qu'il a déjà beaucoup de casseroles sur moi et je n'imagine pas avec quoi il coince les autres. C'est impensable pour tout le monde de concevoir l'influence qu'il a. Il nous tient, mais nous ne connaissons aucune facette de lui. Parfois, je doute même de la véracité de son prénom. Mon père m'a souvent dit que les hommes les plus puissants n'ont rien en commun avec ce qu'on croit savoir d'eux. James est de ce genre-là. Il est aussi calculateur que réservé. Ses discours sont toujours préparés et je ne dois pas l'oublier. Jamais rien n'est gratuit avec lui. Il y a systématiquement un sens caché à ses demandes et une finalité à ses projets. Sauf que la plupart du temps, cela nous dépasse tellement qu'on ne voit rien. On obéit bêtement.

— Dean !

La voix de Jenny me fait sursauter alors que j'ai à peine quitté la caserne. Elle accourt vers moi l'air essoufflé. Par réflexe, je regarde l'heure et m'étonne de la trouver ici.

— J'ai appelé chez ton père et il m'a dit que tu n'étais pas rentré. Je pensais que tu ne venais ici qu'à 18 h ?

Les femmes... Elles retiennent toujours le petit détail qui peut anéantir votre excuse pourtant bien préparée. Je la regarde sans savoir quoi dire. Je me sens idiot et en même temps, je n'oublie pas que je lui en veux. Elle peut jouer la petite amie prévenante maintenant, cela ne change rien à ce qui a été dit dans la journée. Je croise mes bras sur ma poitrine et attends.

— Dean, soupire-t-elle. Je m'excuse de ce qu'elle a pu dire tout à l'heure, mais je ne sors avec aucun...

Je n'ai pas le cœur d'entendre ses salades et recommence à marcher en passant à côté d'elle. Ses tennis claquent sur le sol tandis qu'elle me suit de près.

— Qu'est-ce que tu veux de plus que des excuses ?

Elle paraît contrariée alors qu'elle n'a rien à me reprocher. Cette fois-ci, je ne compte pas lui donner raison aussi aisément. C'est bien facile de se faire passer pour la victime, mais aujourd'hui elle a eu honte de qui je suis. Je sais qu'on ne peut pas révéler notre relation pour le moment. Son père ne me tolérerait pas et je n'ai pas envie d'offrir à James un moyen de pression supplémentaire quand il comprendra que je veux être pompier. Néanmoins, j'aurais aimé qu'elle imagine un homme me ressemblant comme alibi. Ou encore qu'elle assume être heureuse seule pour faire taire ses copines. À la place, elle a inventé cette…

— Je suis désolée, répète-t-elle me coupant dans mes songes. J'aurais dû dire que je n'avais pas encore trouvé l'amour, mais elles ne sont pas bêtes. Elles le sentaient que j'étais amoureuse. Qu'est-ce que tu aurais voulu que je fasse ? Ce mensonge nous donne le temps que tu obtiennes ton concours et que tu puisses demander ma main à mon père.

Si j'avais eu quelque chose dans la bouche à cet instant, j'aurais sûrement avalé de travers. Un mariage ? À notre âge ? Je la détaille et elle paraît très fière de l'effet qu'a occasionné son annonce.

— Se marier ?

— Oui. Pourquoi pas ? Tu m'aimes non ?

J'acquiesce sans trop savoir si cela suffit. Avec le déchirement de mes parents, je suis frileux concernant les relations à long terme. Bien entendu, je voudrais que notre vie de couple ne se termine jamais, mais c'est bien plus compliqué qu'un simple souhait.

— Tu ne pourras jamais te faire accepter par mon père sans ça de toute façon, déclare-t-elle. Et puis pourquoi attendre d'être vieux et ridés pour poser sur nos photos de mariage ?

J'ai envie d'exploser de rire quand elle me donne son excuse pour précipiter une union que l'on n'avait jamais évoquée auparavant. Néanmoins, je la connais et elle est trop sérieuse à l'heure actuelle pour que je puisse me permettre d'en rire.

— C'est une idée, éludé-je. Je dois y aller, mais on peut en parler demain ?

Je n'ai pas envie de lui en vouloir pour tout à l'heure, j'ai déjà trop de complications dans ma vie pour m'embêter avec ça. Je sais qu'elle ne vit pas plus aisément la situation que moi.

— Tu vas où ?

Elle a le sourcil droit relevé et je soupire. Suis-je obligée de lui avouer ? Ma conscience me dit oui tandis que ma raison me hurle de ne pas le faire. Elle déteste que je traîne avec la bande de James et pourtant elle ne les connaît pas. Mais dans le coin, il y a des ouï-dire même s'ils n'ont aucune preuve de notre existence. James est bien de trop malin pour cela.

— Je dois juste faire quelque chose. J'ai loupé le test de la planche tout à l'heure, avoué-je pour lui faire changer les idées.

Elle ouvre la bouche, à la fois peinée et surprise. Je ne suis pas très sportif certes, mais j'ai une masse corporelle faible. Me tracter n'est donc pas la plus grosse difficulté pour moi et elle le sait.

— Tu dois dormir, lâche-t-elle. Sinon, ton corps ne tiendra jamais sur la longueur !

Elle a raison, sauf qu'entre les gars, les cours, mon père, les pompiers et les factures qui s'accumulent, j'ai du mal à garder un physique en état.

— C'est notre avenir, insiste-t-elle, ne gâche pas tout.

— Promis, lui soufflé-je avant de poser un rapide baiser sur ses lèvres. Je deviens meilleur de jour en jour, la rassurai-je. Il me faut simplement du temps.

Mon mensonge est tiré d'une vérité. Depuis qu'elle est dans ma vie, je ne suis plus le même homme. Elle le sait très bien et je l'en remercie chaque jour. Néanmoins, j'ai encore mes démons et l'un d'eux est en train de m'appeler.

Je m'éloigne d'elle rapidement pour pouvoir décrocher.

— T'es où ?

James est sec. Je suis l'un des seuls qu'il contacte directement. Il préfère passer par Josh pour faire le sale boulot. Sauf pour moi. J'ai des traitements de faveur que les autres m'envient tandis que j'aimerais disparaître du radar de notre chef. Il a beau m'avoir aidé dans des moments sombres, je sais que son intérêt pour moi peut me coûter cher.

— Fais attention.

La voix de Jenny est en grande partie coupée par le vent et je serre la mâchoire, en espérant que James n'ait rien entendu. Il ne sait pas à quel point je suis attachée à elle, tout du moins à ma connaissance. Il est évident que nous sommes tous surveillés et qu'il doit se douter de quelque chose malgré nos précautions. Certains jours, un peu rêveur, j'imagine qu'il n'est au courant de rien et que nous pourrons nous marier et vivre heureux sous ses yeux. C'est impossible, je le sais. Plusieurs ont déjà essayé de tout quitter pour une femme. Cependant, cela ne marche pas comme ça avec James. Il faut être plus prudent. Moins impulsif que l'a été Sy.

Je secoue la tête pour m'enlever ses idées noires et répondre à James.

— J'arrive. J'ai été... retardé.

— Ah ouais ?

Son ton est autant amusé que suspicieux. C'est certain, je ne vais pas m'en tirer avec une explication aussi bateau.

— J'arrive.

— Non. On vient. Tu es où ?

Je grimace. James déteste perdre le contrôle et il tient à le prouver une nouvelle fois. Si je cours, je peux réussir à atteindre l'autre bout de la ville dans quelques minutes et ainsi l'éloigner de la position de Jenny. Sauf que je le connais, il va vouloir rester en communication. Je commence à accélérer mes foulées quand je lui réponds :

— Près du square de la 12e.

— Parfait. On y est tout juste.

Bluff. Il bluffe. En tout cas, c'est avec ça que je me rassure tandis que j'atteins l'angle de la rue suivante. Ma respiration est plus courte et j'éloigne le téléphone de mon oreille. Je perçois sa voix et coupe le micro pour pouvoir écouter sans me faire entendre. Cela ne pourra fonctionner qu'un instant, j'en profite donc pour me mettre à courir à toute haleine tandis qu'il m'interroge :

— Tu as vu pour ce week-end ?

Je soupire. Poser des questions lui permet de savoir ce que je fais. Je reconnecte le micro quand je m'arrête à une intersection.

— Oui, pardon ça passe mal.

— Ah ouais ? Ton téléphone est pourtant neuf.

Il le sait puisqu'il est la personne me l'ayant acheté. Il en avait marre que je ne puisse pas lui répondre aux heures qu'il voulait à cause du vieux fossile qui m'avait déjà coûté des économies précieuses.

— Tout va bien ?

Une voix calme, conciliante d'apparence et qui nous engage à nous confier. Si je ne tenais qu'à mon visage intact, je lui dirais simplement la vérité, mais ma relation avec Jenny est trop importante. Même si à mon arrivée, je me prends une raclée pour insubordination. Je peux le supporter.

— On est là. Tu es où ?

D'où je suis, je vois le square. Il est à seulement quarante-cinq mètres. Je jette un coup d'œil, aucun véhicule que je reconnais.

— Tu es venu avec qui ? Je ne vois pas vos voitures, dis-je en essayant de calmer ma respiration.

— C'est moi qui pose des questions.

— Je traverse le square, vous devez être de l'autre côté.

J'avance vers ce dernier en trottinant quand une main agrippe mon épaule. Je pivote. James est là, les sourcils froncés. Nous sommes à une trentaine de mètres du parc et il a dû me voir venir. Il savait depuis le début que je mentais et voulais simplement me prendre la main dans le sac. Je reste silencieux, cela ne sert à rien de nier.

— Merde Dean, lâche-t-il avant de faire signe à un colosse inconnu de s'approcher de nous.

Le coup qui me propulse au sol vient sans prévenir et je perds connaissance. Les rues ne sont pas très fréquentées à cette heure et James le sait. Il ne prend jamais de risque d'être vu avec l'un de nous. Cela lui permet d'être protégé.

— Dean…

Quelqu'un me chuchote quelque chose. Je tends l'oreille et je crois entendre la voix de Jenny. La peur me réveille automatiquement et je me redresse. Je suis allongé sur une terre battue. À première vue, nous sommes dans une vieille usine. Le colosse n'est pas là. Il n'y a que la silhouette accroupie de James et moi. Quand il voit que je bouge, il s'approche pour se pencher près de moi.

— Alors comme ça tu sors avec une… Nina ?

James rit avant de me balancer le téléphone au pied. Le contact de Jenny, que j'ai camouflé sous un autre nom est ouvert. Elle m'a appelé six fois et a laissé deux messages. Sans aucun doute, il les a écoutés. Qu'a-t-elle dit de compromettant ? A-t-elle donné un indice sur son identité ? Mes occupations pour entrer chez les pompiers ? J'angoisse et ne dis rien. James va vouloir que je me vende seul. Il est possible qu'il ne sache rien de bien grave. Je dois y croire.

— Tu connais les règles quand on décide de sortir avec quelqu'un ?

C'est une question rhétorique et je n'y réponds pas. À quoi bon, je ne les ai pas respectées. Il faut normalement le prévenir, lui faire rencontrer la personne et la quitter si James ne l'apprécie pas. Et pour moi, cela n'aurait jamais été possible qu'il donne son aval envers Jenny. Il aime trop que je sois libre pour lui.

— Je suis déçu, avoue-t-il en commençant à marcher devant moi. Tu sais que je crois beaucoup en toi depuis le début ? Les gars trouvaient que tu étais juste un mec paumé… Moi j'ai vu le potentiel… Et c'est comme ça que tu me remercies ?

Je le regarde se déplacer à droite et à gauche sans trop savoir à quoi m'attendre. J'ai déjà été à côté de lui pendant qu'il traumatisait un de nos gars, mais jamais celui à terre. Que compte-t-il me faire ? Je suis intouchable s'il ne connaît pas l'identité de Jenny et il le sait. Sauf qu'il peut jouer avec cette possibilité et me mener par le bout du nez.

Il tourne encore plusieurs fois autour de moi avant que je ne perde patience.

— Qu'est-ce que tu veux, James ?

Je soutiens le regard assassin qu'il me renvoie avant de baisser les yeux. Je ne cherche pas l'affrontement gratuit. J'ai beau être en forme physique, je suis incapable de me battre. James est imprévisible et pourrait demander à quelqu'un de se débarrasser de moi en quelques secondes.

— C'est bien, tu ne perds pas le nord, rit-il. J'ai effectivement des projets pour toi.

Cela ne m'étonne pas. James transforme toujours le chantage en opportunité.

— Vas-y, elle n'a rien à voir avec ça.

— Ça, c'est moi qui statuerai, claque-t-il. Mais pour le moment, tu fais ce que je dis, car je ne vois pas en quoi cela me gênerait.

Il se frotte les mains et se craque le cou. Je décide de me relever pour ne plus être à sa merci. Je secoue mes vêtements pour enlever la poussière et je constate que mon visage est bien amoché après le coup de poing du colosse.

— C'était qui ce mec ?

Ma question meurt dans le vide provoqué par l'immensité du lieu et James m'ignore complètement. Il continue de marcher en regardant ses mains. Je ne suis pas patient et il le sait. Néanmoins, je me retiens de le brusquer bien conscient qu'il peut aisément me pourrir la vie dorénavant.

— Nous avons une taupe dans le groupe, annonce-t-il.

J'ouvre la bouche pour lui jurer que je ne suis pas le traître quand il lève la main pour me faire taire.

— Ce n'est pas toi, t'inquiète. Tu ne serais pas ici, sinon.

Je suis un peu perdu, pourquoi me révèle-t-il une faiblesse de son organisation ? Chose que je ne croyais même pas possible.

— Et tu sais qui c'est ?

Ma question le fait sourire une nouvelle fois et il pivote de trois quarts vers moi. Ses yeux brillent sur l'unique lumière de l'usine, ce qui offre une atmosphère lugubre et sombre au lieu.

— Penses-tu qu'il y a une seule chose que je ne sais pas sur vous ?

Je frissonne. Si ce n'est que du bluff, cet homme est le meilleur que je connaisse.

— Qui est-ce ? dis-je avant de déglutir.

— Mark.

Je tombe de haut. Mark est celui en lequel j'ai le plus confiance. Il est comme un frère et surtout le seul à être informé de l'existence de Jenny. Il m'a toujours soutenu et m'aide pour les entraînements pompiers lors de nos nuits à guetter pour James. Tout le monde sait dans le groupe que nous sommes un binôme de choc. Je secoue la tête en la baissant vers le sol. Je fixe mes pieds avant de ricaner une réponse :

— C'est donc à moi que tu le dis puisque c'est mon ami, n'est-ce pas ?

James ne relève pas et s'éloigne. Je comprends que je dois le suivre même à contrecœur. Il allume une autre lumière et je plisse des yeux éblouis par les néons puissants.

— Je ne fais pas que te le dire, Dean. Je veux que tu règles le problème.

En face de nous, une voiture, des armes et de l'argent. Beaucoup d'argent. Je n'ai jamais vu ça depuis mon arrivée dans le groupe. Nous nous doutons qu'il amasse de l'argent, mais nous n'en savons pas plus. Des surveillances de convois, c'est ce que nous faisions avec Mark.

— Tu as carte blanche et quoi que tu fasses, tu seras couvert, m'assure-t-il. Je veux juste que cette ordure soit rapidement sans la possibilité d'avenir… Tu comprends ?

James choisit précieusement ses mots et cela m'étonne. Pense-t-il que nous sommes sur écoute ? Cela est aussi angoissant que réconfortant. Y a-t-il une alternative plausible de s'en sortir ?

— Dean ! Tu es avec nous ?

Ai-je le choix ? Bien sûr que non. Si je refuse, c'est moi la prochaine cible. Deux coups en un qui ne dérangeront personne. J'acquiesce sans trop savoir ce que je compte faire.

— C'est bien. Ta petite amie appréciera ton intelligence, souffle-t-il en me tapotant l'épaule avant de s'éloigner.

Je reste immobile devant l'armada à ma disposition.

— Surtout prends ce que tu veux, c'est Noël pour toi ce soir.

J'ai la tête qui tourne et mon estomac a envie de rejeter les derniers repas quand il sort de l'usine. Qu'est-ce que je viens d'accepter ? Je pensais déjà avoir signé un pacte avec le diable, mais il me semble que je ne suis pas près de toucher le fond. J'en suis encore très loin.

Je prends ce que je peux, remplis le coffre et sors de l'usine au volant de l'énorme jeep.

— Tu vas où ?

J'ai beau essayer de parler tout haut, je ne sais pas quoi faire. Puis, je me souviens d'une conversation avec Jenny.

Elle m'a parlé d'un lac. Il ne doit pas être très loin. Le nom avait « peak »… Par réflexe, j'ai pris une carte dans l'arsenal de James et je m'arrête sur un bord de route pour la consulter. Plusieurs fois, je vérifie mon rétroviseur pour être sûr de ne pas avoir un guetteur derrière moi. Pas un phare, ni un bruit ce qui me rassure. Mon doigt glisse sur la carte et je vois tout de suite le lac dont elle parlait. La ville d'à côté me revient en mémoire et je soupire de soulagement. Je sais ce qu'il me reste à faire. J'enclenche la clé dans le contact pour la deuxième fois et je pars en direction du rond rouge sur la carte.

— Quoi qu'il arrive Dean, ne change jamais, est-ce clair ? Je ne suis plus grand-chose à l'heure actuelle, mais je peux voir que tu es plus fort, plus talentueux et plus courageux que moi… ou même ta mère. Alors, ne gâche rien, mieux vaut se battre jusqu'à son dernier souffle pour ce qu'on croit que de se contenter de suffoquer toute une vie.

La phrase de mon père, peu alcoolisée d'il y a six mois me revient en tête. Je n'ai que très peu de moments forts avec lui, mais celui-ci, je crois bien que je peux le déclarer comme important. Et je compte bien suivre son conseil et arrêter de suffoquer. Quoi qu'il m'en coûte.

Chapitre 5
Julia

Présent

— Cela peut coûter la vie à beaucoup de patients, soufflé-je. Si on regarde les constantes de ceux décédés… c'est affolant. Tu as…

Je m'arrête en comprenant que mon interlocuteur ne m'écoute absolument pas. Il fixe la télévision d'un air étrange. Je suis ses yeux et observe la jeep qui est en train d'être repêchée d'un lac.

— Dean, tu m'écoutes ?

Il est scotché à l'écran et j'ai l'impression que je viens de faire un résumé de la situation pour rien. Si les urgences sont confinées, nous ne pouvons pas arrêter les soins pour autant. Je m'agace et m'approche de la télévision pour l'éteindre. Une fois cela effectué, je pivote vers lui pour refaire un point :

— Owen demande ton avis sur les arrivées aux urgences. On a essayé de les dérouter sur d'autres hôpitaux, mais les malades ayant des symptômes communs aux nôtres devraient être regroupés, non ?

Dean a toujours les yeux dans le vide et ne réagit pas. Ma patience s'estompe face à son air idiot.

— Dean !

Je m'exclame d'agacement et je le vois se ressaisir complètement devant moi. Il secoue la tête, se frotte les yeux et me répond.

— Pardon. J'ai juste eu un moment d'absence. Quand je pense que je devrais être dans les étages, à faire mes visites.

Je suis désarçonnée de le voir me déclarer ça et mon ton acerbe le lui fait remarquer.

— Excuse-nous si monsieur Dean n'est pas à l'abri dans les hauteurs.

Il se rebiffe et me toise.

— Je n'ai absolument pas affirmé cela pour ça, Julia. Je disais juste que parfois la vie ne tient qu'à un petit choix. Et on ne sait pas toujours qu'il aura autant d'importance.

Même si mon instinct me souffle qu'il ne parle pas de notre situation, mais de bien autres choses, je ne rebondis pas. Ce n'est pas le moment d'avoir des conversations philosophiques sur les conséquences de nos choix, même les plus petits.

— Owen a justement besoin que tu l'aides à en faire un de choix !

Il acquiesce, visiblement d'accord pour ne pas s'étaler maintenant.

— Quelle unité transporte les patients pour le moment ?

Je plisse les yeux pour réfléchir.

— J'ai vu Rick, Adel, Liss… la Station 21.

— On accepte toutes les voitures venant de cette Station. Qu'il s'occupe en priorité des cas suspects et on avise pour les autres urgences et au compte-goutte. Nous avons appelé les hôpitaux du coin ?

— Une infirmière est en relation avec eux, ainsi que le service de santé d'urgences américaines.

— Le… cela ne sent pas bon ?

— Oui, avoué-je. Notre service de la santé est cependant l'un des meilleurs de la région, s'il y a une chance de soigner cette épidémie, c'est bien chez nous.

— Bien. Il faut faire la liste de ceux qui ont été en contact avec les malades dont on est sûr de la contamination. Ensuite, ceux qui ont des symptômes. Hors de question de propager cette saleté à d'autres patients potentiellement fragiles.

— Dean, nous sommes sur cette liste.

— Je sais. Si tu ressens un quelconque symptôme, tu viens me voir. On avisera.

J'acquiesce sans trop comprendre pourquoi c'est à lui que je devrais signaler ça en premier. Néanmoins, à l'étage, il est l'un des meilleurs et le plus expérimenté. Si je dois faire confiance à quelqu'un ici, c'est bien à lui. Malgré nos derniers différends. Je m'apprête à arrêter l'une des infirmières quand il me reprend le bras.

— Tu as eu James au téléphone aujourd'hui ?

Je le fixe sans comprendre son intérêt soudain pour mon époux qu'il hait particulièrement.

— Non. Et nous n'avons pas le droit de prévenir la population, ce qui inclut James.

— Bien.

Il a l'air soulagé de me voir répondre ça et s'éloigne. De loin, je l'aperçois taper sur son téléphone et je fronce les sourcils. Si je suis à la lettre les recommandations, je ne suis pas sûre qu'il en soit de même pour lui.

— Julia !

Je reconnais la voix de Rick, ambulancier de la Station 21.

— Que se passe-t-il ?

Je m'avance dans le hall principal et le vois à côté d'un brancard. Au début, mon attention se porte sur la jeune fille dessus avant de comprendre qu'il vient de m'appeler pour lui. Des gouttes de sueur perlent sur son front et il se retient à la barre du lit.

— Rick ?

Je m'avance et il lève la main vers moi.

— Non Julia. Je crois que je suis infecté par cette...

Sa phrase se termine dans une toux. Le sang qu'il projette au sol me fait reculer.

— Tout le monde s'écarte, hurlé-je.

Le personnel m'obéit et quelques patients se recroquevillent sur leur lit en gémissant.

— Tout va bien se passer, commencé-je. Madame, êtes-vous capable de vous lever du brancard ?

Je jure en voyant que la patiente que vient d'amener Rick est inconsciente.

— Merde ! Quelqu'un peut m'apporter un brancard ?

Personne ne bouge. Les infirmières sont pétrifiées et le silence est palpable jusqu'à l'arrivée d'un autre patient.

— Un collègue vient de déposer une autre victime, lance Adel, la binôme de Rick. J'ai pensé qu'il faudrait les regrouper dans... Sa voix s'arrête en voyant le centre du hall presque vide, avec seulement son ami, la patiente et moi.

— N'avance pas, murmure-t-il.

Sans grand étonnement, sa collègue ne lui obéit pas et arrive à sa hauteur. Elle tâte son front par réflexe et je grimace. Un contact cutané n'est jamais bon dans une pandémie. Cette ambulancière le sait, mais les sentiments outrepassent parfois les réflexes médicaux.

— Adel, pourriez-vous prendre un brancard sans rien toucher d'autre ?

Ma demande est tout de suite exaucée et j'aide avec précaution l'ambulancier à se mettre dessus. Les masques et les gants ne sont pas encore disponibles pour tout le monde, mais je décide d'en prendre dans notre stock pour le personnel et de le lui mettre.

— Rick, je sais que tousser du sang avec un masque n'est pas l'idéal, mais…

— Je ne dois contaminer personne…

J'aurais dit le moins possible, mais je ne le reprends pas. Il y a de grandes chances qu'Adel, moi et d'autres infirmières soyons déjà infectées.

— Écoutez, ceux qui ont la certitude de n'avoir été en contact direct avec aucun malade, vous emmenez dans l'aile ouest les patients également sains. Nous n'avons aucune façon d'en être sûrs, mais nous devons isoler les cas à risque.

Je déclare ça sous le regard approbateur de Owen toujours au téléphone avec les services nationaux de santé.

Des infirmières et aides-soignants se pressent déjà à faire bouger les lits quand Rick est repris d'une autre toux.

— Il faut faire quelque chose, sinon il risque de s'étouffer, s'exclame Adel, la main dans celle de mon nouveau patient.

— Il va rester ici et on va prendre soin de lui.

— Je reste aussi, déclare-t-elle.

Je souris, n'ayant pas besoin de lui dire que de toute façon, je n'aurai pas accepté qu'elle rejoigne les autres. Elle est l'une des futures patientes potentielles à l'heure actuelle.

— Gustave, Fin et Chuck s'occuperont des patients sains à priori. Ils ont déjà reçu des combinaisons et attendent l'aval pour rapatrier ce qui est possible dans les autres étages, déclare Dean en venant derrière moi.

— Ils ne nous laisseront pas ouvrir les vannes avant de savoir de quoi il s'agit, soufflé-je.

— Certes, mais c'est un début, tente-t-il de positiver.

Rick est blanc comme un linge et Dean me fixe avec un drôle d'air. D'un coup de tête, je lui désigne le comptoir d'enregistrements, maintenant vide, et chuchote :

— Adel et lui ont ramené des patients de l'usine. Il est arrivé en titubant et il crache du sang...

— Oh...

La réponse de Dean veut tout dire. Il sait comme moi qu'il n'y a que peu d'explications à ça. La première c'est qu'il est possible qu'on perde notre premier soignant.

— Et Adel ?

— Elle a l'air bien pour le moment.

— Et toi ? m'interroge Dean.

— Je m'inquiète surtout pour toi d'être encore ici. Tu n'as qu'un très faible risque d'une potentielle contamination. Tu devrais partir tant que...

Il pose une de ses mains sur ma joue et je tressaute.

— Sache une chose Julia. On a beau se faire la guerre depuis quelque temps parce que tu ne veux pas voir que ton mari est une ordure, je ne t'abandonnerai jamais au milieu d'une pandémie mortelle. Est-ce clair ? Tu es la femme la plus exaspérante de ma vie et également l'une des personnes à qui je tiens le plus dans cette pièce, donc tu vas mettre un masque et des gants avant de choper cette merde. Compris ?

Je hoche la tête un peu soufflée par cette demi-déclaration. En temps normal, il ne s'épanche pas autant et je ne sais pas quoi lui répondre.

— Et s'il te plait, arrête de te mordre la lèvre comme ça sinon les questions d'hygiènes n'existeront plus quand je vais te sauter dessus.

Il est rieur et à la fois sérieux en me glissant ça trop bas pour que nos collègues puissent l'entendre.

Chapitre 6
Dean

Passé

Le trajet en voiture a été plus long que prévu. J'ai dû ralentir une bonne dizaine de fois pour m'assurer que je n'étais pas suivi. Puis j'ai fait une pause d'essence décidant de ne pas utiliser encore le jerricane plein dans le coffre, il pourrait me servir.

Une fois arrêté, j'ai l'impression d'être une cible facile et je n'arrive pas à paraître normal. Le gérant de la station a dû hésiter à appeler la police vu la façon dont j'ai parlé. On aurait pu croire que j'étais en train de le braquer, heureusement je n'avais pas pris une des armes qui m'attend dans le coffre.

Maintenant que la nuit est noire, j'imagine le visage de Jenny. J'ai abandonné mon téléphone dans l'une des poubelles d'un particulier en espérant brouiller un peu les pistes. Suffisamment pour m'en sortir.

Au dernier virage selon la carte, je ralentis et coupe les feux. Je progresse à l'aveuglette, mais je veux être sûr de ne pas me faire remarquer de la route. Les pneus sur le sentier, j'avance doucement, éclairé par la faible luminosité de la lune. Le 4x4 glisse parfois sur la gauche et je change ma trajectoire pour ne pas finir dans le fossé. Les derniers mètres sont longs et je décide de sortir à pied pour trouver un endroit reculé où garer la voiture. Hors de l'habitacle, il est plus aisé de distinguer ce qui m'entoure et je vois vite un petit talus de ronces et d'orties qui se chargera d'être la meilleure cachette pour le 4x4.

Je remonte dans le véhicule et le dirige vers le tas verdoyant. La carrosserie grince en s'infiltrant dans la végétation et je l'arrête après quelques mètres. Le toit ouvrant me permet de sortir, sans détruire la couverture autour de toute la carlingue. Si un voisin est payé pour surveiller les alentours, il ne pourra jamais remarquer ma voiture, à moins de vraiment s'en approcher. Fier de ma technique, sûrement piqué malgré moi d'un roman d'espionnage, je rejoins le chemin à pied. Je m'accroche dans quelques épines que j'ôte de mes jambes. Vu le nombre de raclées que j'ai pris par les copains de James à mon arrivée dans le groupe, je suis loin d'être sensible. J'ai l'habitude de panser mes plaies, seul. Après plusieurs dizaines de mètres, j'aperçois enfin la maison s'étendre devant moi. Elle est immense et comme je l'imaginais. Sa terrasse donne directement au-dessus du lac qui paraît être un néon luminescent avec le blanc de la lune qui se reflète sur ses vaguelettes.

La porte d'entrée est simplement faite de bois et je pourrais aisément la faire céder avec un coup de pied proche de la serrure, néanmoins, je n'ai pas envie d'attirer l'attention. Si j'en crois ce que m'avait raconté Jenny, plusieurs patrouilles surveillent les alentours en faisant des rondes dans la journée sur le lac. Ce qui n'est pas étonnant si chaque villa autour du plan d'eau ressemble à ce que j'ai sous les yeux.

Ayant pris avec moi un des sacs remplis d'objets venant de l'arsenal de James, je m'installe près de la serrure. Je n'allume toujours pas de lumière pour ne pas attirer l'attention ce qui fait que mes gestes sont plus lents et moins sûrs. Je n'ai jamais forcé de portes de maisons, mais je l'ai déjà fait pour des voitures sous les ordres de James. Cela ne doit pas être si différent.

— Allez…

Je suis en train de perdre patience quand je perçois un petit déclic. Plein d'espoirs, j'actionne la poignée de l'entrée et soupire de soulagement en l'entendant grincer. Je plisse les yeux et m'avoue vaincu, je vais devoir allumer si je veux voir quelque chose. Je fouille une dernière fois dans le sac, vérifiant avoir pris une lampe-torche, ce qui est le cas.

Je sais très bien ce que je cherche et ne perds pas mon temps à visiter l'immense baraque.

— Mon père a dépensé une fortune pour avoir le téléphone là-bas et tous les voisins en ont profité ensuite. Si tu avais vu la rage qu'il a eue en se rendant compte qu'il avait payé le prix fort pour que les autres n'aient qu'à se servir, avait-elle rigolé en parlant de la maison.

Je n'ai jamais rencontré officiellement son paternel, mais je ne m'étonne pas de la rage qu'il a pu ressentir. J'ai souvent le sentiment de travailler pour autrui en payant le prix fort sans avoir les avantages.

Après vingt minutes à lancer le faisceau de la torche sur chaque pièce, je trouve enfin le combiné téléphonique. Ma main tremble au-dessus. J'ai eu beau réfléchir à ce que je dirais pendant tout le trajet, je ne suis sûr de rien. Et si je n'y arrivais pas ? Qu'arrivera-t-il ? Ai-je envie de réellement le savoir ? N'ayant plus la force de patienter encore, je me décide. J'actionne le téléphone fixe et attends les tonalités. Après quelques secondes, un bip familier me soulage. Rassuré de son fonctionnement, je compose le numéro de portable de ma copine que j'ai appris par cœur depuis des semaines, dans le cas d'un problème de ce genre, même si je n'avais pas imaginé aussi grave.

— Hi...

Sa voix est ensommeillée et je me rends compte qu'il est extrêmement tard et que j'ai de la chance de l'avoir au téléphone.

— Jen...

Je suis soulagé de l'entendre. Ce qu'il se passe est si étrange que j'ai besoin de me raccrocher à elle.

— Dean, s'étonne-t-elle. Qu'est-ce que tu fous à m'appeler à cette heure ?

Elle a l'air un peu énervée et je le comprends, sauf que je l'ignore, nous n'avons pas de temps à perdre.

— Tu dois me rejoindre, dis-je. Il... Un des hommes que tu ne voulais pas que je fréquente pourrait essayer de...

— Qu'est-ce qui se passe ? me coupe-t-elle. Sois honnête Dean.

Comme toujours, elle ne réagit pas comme je l'imaginais. Elle demande des faits, des explications et surtout mon honnêteté.

— Il doit te surveiller et veut t'utiliser contre moi. Il ne sait peut-être pas ta vraie identité, mais je ne peux pas prendre de risque. Tu dois partir de chez toi.

— Maintenant ?

— Jenny, tu es la seule chose que j'ai de bien dans ma vie, alors oui, maintenant.

— Où es-tu ?

— Si je te dis de l'eau, des bois et une odeur de sapin dans les brioches ?

Je parle en code, car je ne sais pas de quoi est capable James. Elle rit doucement en se remémorant une de nos après-midi nostalgies. Nous avions partagé nos meilleurs souvenirs d'enfant et les lieux où l'on a adoré grandir. Pour elle, c'était cette maison dans les bois et collée à un lac. Elle rêvait d'y vivre chaque jour de l'année, mais elle n'en profitait que l'été.

— Alors ?

Elle soupire.

— Mon père va me tuer.

Je souris. Si elle savait à quel point ce n'est qu'un détail dans ce qui arrive.

— À l'aube, je pourrai venir, finit-elle par dire. J'ai besoin de rassembler des affaires et trouver une voiture…

— Non. Pas l'un des véhicules de tes parents, grondé-je. Trop risqué.

— Je ne peux pas faire autrement, le taxi coûterait un bras…

— Je paierai.

— Tu n'as pas cet argent, claque-t-elle.

Je repense à la belle somme qui se trouve dans le coffre et je réponds à côté, sans avoir à cœur de lui mentir :

— Je suis sérieux, Jen. Tu demandes à une des tes copines de commander une voiture et qu'elle s'arrête chez elle. Pas chez toi. Et prends le sentier derrière ta maison pour la rejoindre. Ne passe pas par la route.

— Tu me fais peur, avoue-t-elle.

— J'ai peur, assuré-je.

Silence. Je suis en train de l'effrayer et ce n'est pas ça qui va la motiver à sortir.

— Je t'aime et j'ai besoin que tu me fasses confiance Jen…

J'attends sa réponse quand un bruit extérieur me fait sursauter.

— J'arrive, glisse-t-elle quand je pose le téléphone à côté du réceptacle.

Des ombres passent devant la porte que j'ai mal fermée. J'inspire profondément en fixant le sac noir qui est trop loin de moi pour que je puisse l'attendre sans faire grincer le sol. Qu'est-ce que je viens de faire ? Jenny n'est-elle pas plus en sécurité chez elle ? Je reprends le combiné pour le lui dire quand je me rends compte qu'elle a raccroché. Sauf qu'au lieu d'entendre les tonalités, mon oreille ne perçoit qu'un vague silence. Ils ont certainement coupé la ligne.

Chapitre 7
Julia

Présent

J'ai soif et je m'avance vers le distributeur d'eau lorsqu'une main m'arrête. Je sursaute et fixe ce contact imprévu. J'ai le masque et les gants, mais rien ne protège vraiment quand on ne connaît pas le virus. La femme qui m'a interpellée physiquement est une des patientes restées avec nous.

Nous ne sommes que dix-sept dans le service, quatre soignants de l'hôpital dont Dean et moi, deux ambulanciers et onze patients.

Deux dans un état critique depuis quelques minutes et je crains que Rick ne vienne rejoindre leur groupe. Adel commence à cracher du sang et seul Dean dans les soignants semble aller bien. Il est toujours aussi décidé à rester malgré ce constat.

— Madame ?

Je la fixe pour savoir ce qu'elle veut, mais elle paraît ailleurs.

— J'ai besoin de sortir, murmure-t-elle. Je ne suis pas malade. Ils vont me contaminer.

Je soupire. Ce n'est pas la première patiente à vouloir sortir, mais c'est impossible. Il est compliqué de décider qui part et qui reste. Nous avons dû faire un tri avec des choix très arbitraires et cela n'a rien de juste.

— Madame, vous ne pouvez pas. Vous étiez présente lors du premier décès et vous partagiez la chambre d'une autre victime, cela fait beaucoup. De plus, vous avez été potentiellement en contact physique avec quelqu'un d'infecté dès l'annonce de la quarantaine et la cohue qui a suivi.

— Je ne veux pas mourir, sanglote-t-elle.

Que puis-je répondre face à ça ?

Je me mords les lèvres.

— Personne ne va mourir, essayé-je de la rassurer.

Mon effort est vain et elle se met à pleurer de plus belle en allant se coucher sur son lit. Les urgences ressemblent à un immense dortoir, que j'espère ne pas voir se transformer en mouroir. Je m'avance vers le binôme d'ambulancier. Adel est pâle et je m'inquiète pour son état. Elle est assise près du lit de Rick et lui parle d'une voix douce.

— Vous devriez aller vous coucher, murmuré-je. Il dort et vous auriez bien besoin d'en faire de même.

J'ai un ton chaleureux et pourtant elle me fusille du regard comme si je venais de la brusquer.

— Je n'ai aucune intention de l'abandonner, siffle-t-elle entre ses dents.

Je recule face à sa véhémence et bats en retraite. De toute façon, cela ne changera probablement rien. Deux infirmières m'assurent que je peux aller également me reposer dans un coin ayant la situation pour le moment sous contrôle. N'ayant plus de lit pour moi, je m'installe dans un angle de la salle des urgences, le masque toujours sur le visage. D'où je suis, il est difficile de me voir et la silhouette de Dean passe près de moi sans ralentir. Mes yeux se ferment et c'est avec lui que je pars dans un sommeil profond.

Mon rêve prend du temps à se mettre en forme et j'attends patiemment.

Les couleurs évoluent avant de s'arrêter sur un choix étrange. Je suis dans la boite de nuit où nous avions fêté la promotion de James. Nous n'étions pas là depuis longtemps et je sortais peu le jour tombé. La discothèque était moderne et étouffante à l'époque, pourtant dans mon rêve, j'ai l'air d'apprécier.

Je me faufile entre les clubbeurs et me dandine en rythme de la musique. Mes cheveux s'envolent sur les côtés et je m'étonne de ne pas les avoir attachés.

— Tu es si sexy, me susurre une voix masculine.

Je pivote sur moi-même et découvre un homme barbu, le ventre arrondi et une chemise trouée grande ouverte qui ne cache rien de son corps. Je recule.

— Pardon, mais je suis mariée...

Il rit et s'avance pour coller son corps contre le mien. Je suis écœurée, mais il y a trop de monde pour que je puisse m'écarter davantage.

— Pas pour longtemps, réplique-t-il en essayant de faire une sorte de danse sensuelle.

Je suis pétrifiée et je regarde à droite et à gauche pour trouver de l'aide ou un moyen de l'assommer. Mais rien n'y fait. Je suis désarmée et seule dans la foule. Tout le monde semble ne rien remarquer et je commence à avoir peur quand une main me tire par le bras. Je me laisse faire et me sens projetée en arrière.

— Effectivement, pas pour longtemps, s'exclame la voix de Dean. Elle est à moi.

Il gronde ça en repoussant l'homme. Je suis désorientée, d'où est-il arrivé ? Son poing se répercute sur le visage alcoolisé de l'inconnu et lui fait comprendre qu'il serait grand temps de fuir. Ce qu'il fait immédiatement sans demander son reste. Tout de suite, Dean se retourne et m'attire dans ses bras. Je suis tellement soulagée que j'enfouis ma tête dans son torse.

— Ju'…

Ses bras m'entourent et je sens qu'il nous entraîne ailleurs. Les lumières changent et je me trouve dans une chambre aux murs mauves et noirs. Je déambule et manque de peu de tomber. Je suis toujours avec mes immenses talons et je dois faire attention avec la moquette noire au sol. L'endroit est spacieux et je comprends qu'il doit s'agir d'une suite.

J'ai l'impression d'être seule ce qui est étrange. Comment suis-je arrivée ici ? J'entends quelqu'un venir et la poignée de la porte s'actionne. Je pivote ma tête pour regarder qui pénètre dans la pièce. Dean me lance un grand sourire en montrant les deux coupes de champagne devant lui.

— Je crois que ça se fête ton divorce, non ?

Je rougis. Il est si sexy dans cette tenue. Une simple chemise sur les épaules et un pantalon moulant. J'ai beau vouloir me concentrer sur les verres qu'il tient d'une seule main ou de la jolie bouteille dans l'autre, j'ai du mal.

— Tu es… très beau, avoué-je.

— Beau ?

Il répète d'un air taquin et je me mords la lèvre inférieure.

— Arrête, souffle-t-il. J'ai payé ce magnum une fortune et tu es en train de me donner envie d'autre chose.

— Est-ce mal ? dis-je d'une petite voix.

Je cligne plusieurs fois des yeux et il pose rapidement les verres et la bouteille sur la commode pour s'avancer vers moi, les mains vides.

— Tant pis pour le champagne frais, murmure-t-il en s'approchant.

Ses mains se placent sur mes hanches et ma peau frissonne sous le tissu fluide et fin de ma robe. La fraîcheur de son contact contraste avec mon corps en fusion. Il s'apprête à dire quelque chose avant de toucher mes lèvres. Notre baiser lui fait perdre le fil de ce qu'il voulait dire et l'une de ses mains remonte le long de mon dos. Je m'étonne de ne pas le voir dégrafer mon soutien-gorge. À la place, il glisse ses doigts dans mes cheveux détachés. Il plaque mon visage contre le sien pour être sûr que je ne vais pas m'enfuir. S'il savait à quel point je n'en ai aucune envie. Je pose mes mains sur lui et vibre déjà. Mes doigts s'accrochent à sa chemise pour lui faire comprendre que je ne veux plus de vêtements entre nous. Je sens la satisfaction naître au coin de ses lèvres tandis qu'il continue de m'embrasser. Après plusieurs minutes de contact passionné, mais chaste, il s'écarte, tout sourire.

— Tu sais que j'ai du mal à me contrôler, alors tu devrais y mettre du tien, soupire-t-il en détachant deux boutons de sa chemise.

À la vue de son torse, j'oublie déjà ce qu'il vient de me dire pour me coller à nouveau à lui.

— Je ne t'ai jamais demandé de te contrôler, roucoulé-je en faisant glisser mes doigts le long de l'ouverture du tissu.

Il rit et dépose un baiser sur mon front.

— Je veux que ça soit parfait Julia, comme la première fois qu'on s'est vu.

Son souffle bouge mes cheveux et je recule.

— D'accord. Soyons raisonnables, dis-je en laissant les deux bretelles de ma robe glisser sur le côté. Je lui tourne le dos quand le tissu tombe sur le sol, mais j'entends son souffle s'accélérer. Une demi-seconde plus tard, il est sur moi. Ses doigts s'accrochent à l'armature de mon soutien-gorge et sa bouche se colle à mon oreille.

Son torse est plaqué à mon dos et je sens au creux de mes fesses qu'il a autant envie que moi de finir la soirée dans les magnifiques draps noirs devant nous.

— On devrait peut-être enlever ça, non ?

Il susurre ça en détachant le soutien-gorge d'une main pendant que l'autre dessine de petits cercles.

— Dean, murmuré-je en posant l'arrière de ma tête sur son épaule.

Sa main me fait tourner et les derniers morceaux de mes vêtements tombent sur la moquette.

— Tu es encore habillé, remarqué-je.

— J'aimerais que ma copine me les enlève, souffle-t-il.

Je frissonne en l'entendant m'appeler ainsi. Est-ce réel ? Nous sommes enfin ensemble.

Sa paume touche ma joue et je m'appuie dessus.

— J'ai toujours su qu'on était fait pour être ens…

Sa voix meurt et je sens qu'on me prend violemment par les épaules. Mes yeux se ferment et se rouvrent. Je ne vois plus rien.

On crie. On hurle même.

Mon corps est balloté et j'ai envie de vomir. La tête me tourne et j'essaie de distinguer quelque chose. Dean n'est plus là et j'ai à nouveau des vêtements.

— Julia ! Julia !

Ah si, il est là. Je suis rassurée et soupire quelque chose.

— Oui, je suis là. Je suis là, souffle-t-il en posant sa main contre ma joue.

Je suis bouillante et pourtant rien n'a l'air d'être comme il y a un instant. Que se passe-t-il ?

— Tu as de la fièvre, m'explique Dean tandis que je ne vois toujours rien. Je crois que tu... tu étais en train d'avoir une hallucination.

Je rougis malgré moi. Mon rêve avait si réel et j'espère ne pas avoir parlé à voix haute.

— Je peux te dire que si tu reprends des forces, tu auras le droit d'avoir du champagne, murmure-t-il contre mon oreille pour me faire comprendre que si, j'ai parlé tout haut.

Je suis mortifiée et à la fois très mal. Je cligne encore des yeux et arrive enfin à voir quelque chose. Dean a beau rire de ce qu'il a entendu, son visage est inquiet.

— Je vais bien, le rassuré-je.

— Non Julia. Tu perds du sang, m'apprend-il en me montrant un mouchoir plein d'un liquide bordeaux.

Je pose ma main gantée sur mon nez et je constate qu'il a raison. J'ai le premier symptôme. Mon esprit se souvient de l'hémoglobine que j'ai reçue sur le visage.

— Ne touche pas ça, crié-je à Dean. Tu pourrais t'infecter.

Il ne m'écoute pas et pose un gant froid sur mon front tandis que son autre main garde le mouchoir.

— Arrête de faire l'enfant Julia. J'ai déjà décidé de mon camp en restant ici, lâche-t-il.

— Tu es idiot et têtu, répliqué-je.

— Mais sexy, note-t-il.

Je rougis une nouvelle fois et me tais ce qui le fait sourire à moitié, avant qu'une expression soucieuse passe devant son visage.

— Nous n'avons plus de lit et les autres patients déclinent à vue d'œil, m'apprend-il.

— Rick ?

Il grimace et je comprends que nous allons avoir de nouvelles victimes de cette saloperie et que je vais peut-être bientôt en faire partie.

— Aide-moi à me lever, lui demandé-je.

Le contact de son gant n'a rien à voir avec mon rêve, mais je ne peux m'empêcher de me souvenir à quel point je semblais heureuse dans ses bras. Cela avait l'air si normal... si réel. Qu'est-ce qui m'arrive ?

Chapitre 8
Dean

Passé

J'avance doucement dans la pénombre pour éviter d'être sous les feux de leurs lampes-torches dès leur entrée dans la maison. Mes pieds frôlent délicatement le parquet au sol et je prie pour ne pas faire de bruit. Qui sont-ils ? Je n'ai vu que deux silhouettes, mais ils peuvent être bien plus. Je serre la mâchoire, je suis tombé dans un piège si facilement. Tout d'un coup, je me demande ce qui m'a trahi. Mon arrêt à la station d'essence ? La cachette de la voiture ? Comment ont-ils su que j'étais là malgré toutes mes précautions ? J'ai la rage. Je pensais être plus intelligent que ça.

Ma jambe s'écrase contre le rebord d'un meuble et je retiens péniblement un juron sous la douleur. Je mords deux de mes phalanges pour faire passer la souffrance sur un autre endroit. Le système fonctionne et je ne sens rapidement plus mon index. Je serre et desserre le poing plusieurs fois pour aller mieux. Je dois sortir d'ici en vie et intercepter Jenny. Elle doit déjà être en train de contacter son amie pour venir et c'est exactement ce qu'attend James.

J'avance dans la pièce accolée à l'entrée en espérant ne pas être repéré. Les deux hommes semblent pour l'instant rester à l'extérieur. Ils parlent entre eux et ma curiosité me pousse à me rapprocher d'une des fenêtres pour capter leur conversation.

— Tu… sérieux ?

La première voix est trop faible et je ne peux pas comprendre tout ce qu'il dit. Cependant, le deuxième est bien moins discret et lui répond d'une voix forte :

— James est comme ça. Zéro explication, que des ordres.

J'écarquille les yeux. Je connais très bien cette voix. Il s'agit de Sy, un ami du groupe. Bien entendu, je ne sais pas véritablement si notre amitié me couvrirait dans ce genre de situations, seul Mark aurait pu le faire, mais il est persona non grata à l'heure actuelle, tout comme moi.

— Il n'a pas appelé Dean cette nuit, s'étonne encore Sy.

Une idée germe en entendant la phrase du jeune homme. C'est assez risqué, mais je n'ai pas véritablement le choix. J'ai envie de finir vivant de cette soirée et il y a peu de solutions de facilité qui s'offrent à moi.

— Ouais…

La voix de son complice meurt une nouvelle fois dans le silence et je n'entends pas la suite, mais il me paraît évident de son identité. Sy fait toujours équipe avec le même gars. Nous n'avons pas grand-chose en commun, mais il n'a pas l'air mauvais de fond.

J'inspire et sors de ma cachette sans faire le moindre effort pour dissimuler ma présence. Comme je m'y attendais, les deux hommes se tendent d'un seul coup. Ils doivent braquer la porte d'entrée de leurs armes. Sortir par ici serait bien de trop risqué. Je contourne le hall pour partir par la cuisine. Je n'ai aucune arme sur moi et je prends un couteau sur le plan de travail juste avant de poser les pieds sur l'herbe fraîche.

Accroupi, je fais semblant d'être sur le qui-vive. Le dos collé contre le bois, je glisse doucement sur le côté en avançant en crabe. Mon cœur palpite dans ma poitrine quand j'approche la tête près de l'avant de l'habitation. Je vois la silhouette de Sy rentrer dans la maison. Son collègue Peter est sur la terrasse, visiblement aussi mal que moi. Bien, ils ne sont pas prêts pour ce qui va se passer, ce qui ne peut qu'être à mon avantage. J'avance doucement cette fois-ci pour ne pas éveiller leurs soupçons. Ils doivent croire que je suis encore à l'intérieur. Toujours accroupi, je progresse jusqu'à la terrasse, aidé par la pénombre. L'eau m'arrive aux chevilles, mais je fais attention de ne pas tomber dans un trou invisible qui alerterait Peter de ma présence. Une fois collé aux lames de bois qui sont un peu au-dessus de mon visage, j'attends que le dernier rentre dans la maison ce qui ne tarde pas. Je pose mes phalanges sur la terrasse et me tracte. Mon entraînement de pompier me sert enfin et je réussis du premier coup. Mon capitaine serait fier de moi. Les pieds dans les rangers que j'ai prises dans l'arsenal, je suis léger et discret. À demi penché, je m'avance vers la porte d'entrée. Je ne vais avoir qu'une toute petite fenêtre pour réussir ce que je souhaite. J'arrête de respirer et rentre dans le hall. Peter est de dos et je ne réfléchis pas. Mon bras lui attrape le cou et je pointe le couteau sur sa gorge.

— Tu cries, je t'égorge.

Je suis menaçant et j'espère être convaincant. Je n'ai aucune envie d'être violent, mais je pense à Jenny. Il faut qu'on se protège.

Les pieds de Peter dérapent un peu quand je le traîne en arrière ce qui interpelle Sy qui revient sur ses pas. Dans la pénombre, ni lui ni moi ne pouvons nous reconnaitre. Il doit croire que je suis un inconnu violent et cela m'arrange.

— Mec, on se calme…

Il dit ça en pointant son arme chargée vers moi. Serait-il prêt à tirer comme ça ? Sans doute si les ordres de James vont dans ce sens.

Je déglutis et continue de sortir sur la terrasse avec mon otage qui ne bronche pas. La pointe du couteau lui crée un petit filet de sang et je ne desserre pas ma prise, je veux être considéré comme un adversaire sérieux jusqu'au bout. Je n'ai pas le choix.

— On a toujours le choix, me souffle la voix de Jenny.

J'essaie d'éviter de penser à elle ou à toutes les fois où elle m'a expliqué que la violence ne résout rien. Certes, ce n'est pas le cas, mais parfois cela sauve la vie, quoi qu'on en dise.

Une fois dehors, Sy verra mon visage et là, la deuxième étape de mon plan trop rapidement pensé se mettra en marche. Mon pied s'arrête sur le bord de la terrasse et je ne peux plus reculer au risque d'être déséquilibré et de tomber dans l'eau.

— Dean !

Il s'est avancé en disant ça visiblement soulagé.

— Sy ?

J'essayais d'être le plus étonné possible. Ma prise se desserre tout de même, mais très légèrement, souhaitant être sûr qu'il ne me fera pas de mal en voyant mon identité.

— Mec, tu as ton putain de couteau sur ma gorge, s'agace Peter.

Je fais semblant de ne pas l'entendre en continuant à fixer Sy qui a l'air d'hésiter.

— Pourquoi vous êtes là ?

Ma question est posée d'une façon assez violente et c'est fait volontairement. Je dois poursuivre en gardant mon rôle. Pour le moment tout du moins. Si j'ai bien compris, ils ne savent pas la raison de leur présence ici et s'étonnaient de ne pas me voir être utilisé par James. J'ai donc toutes mes chances de bluffer.

— Alors ? grondé-je impatient.

Sy n'a pas envie de trahir la confiance de James, mais le couteau sur la gorge de son ami l'angoisse, je le vois bien.

— On avait juste comme ordre de venir ici, lâche-t-il.

— Ah oui ? James ne m'avait pas dit que j'aurais de la compagnie, lancé-je d'une façon suspicieuse.

— On ne savait pas non plus, crache Peter. Arrête de faire le con et lâche-moi !

Je resserre ma prise.

— Vous étiez peut-être en train de me suivre ?

Sy écarquille les yeux.

— Tu penses qu'on est des... Non ! On n'est pas des traîtres, se défend-il.

Je tressaille sans pouvoir me contrôler. Ils étaient donc au courant de la présence d'une taupe parmi nous. Ont-ils été questionnés ? À la manière dont il me regarde, apeuré, oui. Combien de temps James a-t-il mis avant de se rendre compte qu'il s'agissait de Mark ? Pourquoi n'ai-je jamais été interrogé ? Des dizaines de questions m'assaillent tandis que je desserre ma prise. Peter profite de mon inattention pour se dégager de mon étreinte. Je vois le coup venir et m'écarte alors qu'il essaie de me pousser en arrière. Dans son élan, il n'arrive pas à s'arrêter et passe par-dessus bord tandis que je l'observe s'écrouler dans un mètre d'eau.

Il grogne sous la douleur du choc et se relève prestement.

— Tu vas le regretter, me prévient-il.

Je ris nerveusement et me retourne vers Sy.

— James n'a confiance en personne, dis-je. À cause de la taupe, j'ai cru que vous étiez dans l'autre camp. Il me fallait vérifier votre identité avant de vous faire confiance. Mais je vais quand même appeler James pour être sûr de ce que vous avancez.

Quand je précise ça, Sy se mord la lèvre inférieure.

— On a coupé la ligne fixe, avoue-t-il. James nous a dit que ça pourrait être bien...

Je soupire, jouant toujours la comédie. Mon coup de bluff semble fonctionner. Sy a l'air de penser que je m'apprêtais à vérifier leurs affirmations. S'ils étaient au courant que c'est moi qui fuis, nous aurions une tout autre conversation.

— Tu sais qui est la taupe ?

Je ne réponds rien. James me tuerait à main nue avant même que j'aie eu le temps de dire quoi que ce soit de toute façon. Et ils sont peut-être en train de me tester à leur tour.

— Peter pense que c'est Josh, continue-t-il.

J'émets un petit grognement pour camoufler ma surprise. Comment peut-on imaginer qu'un homme comme Josh puisse avoir le cran de trahir ouvertement notre chef ? Plus j'y pense et plus je me dis qu'il n'y a que Mark pour être aussi courageux et fou.

— Vous restez ici combien de temps ?

Ma question est anodine, mais semble étonner Sy. Merde, je viens d'aller trop loin. Peter remonte sur la terrasse trempée et s'avance vers moi, les poings fermés.

— Je vais t'en coller une !

Il a l'air sérieux et surtout bien plus costaud que moi.

— Ah oui ? Tu veux vraiment expliquer à James notre bagarre ?

Impossible de lui faire croire que j'ai une chance de le battre, je préfère jouer la carte de la facilité, la protection sans faille de notre chef envers moi. Tout du moins jusqu'à ce soir. Sans le savoir, leur présence vient de m'apprendre que James n'a plus confiance en moi et qu'il s'attendait à me voir fuir ou le doubler. En même temps, comment a-t-il pu croire que j'allais tuer Mark de sang-froid ?

— On reste tant qu'il y a des ordres en haut, claque-t-il. Et arrête de te la jouer supérieur, un jour James verra clair dans ton jeu, siffle Peter.

— Qu'est-ce que tu sous-entends ?

Je commence à perdre patience. Je suis en train de vivre une des pires journées de ma vie et ce petit merdeux vient continuer de rajouter son grain de sel.

— On se calme, souffle Sy en voyant l'inévitable se former.

La main bien serrée sur mon couteau, je plie une jambe tandis que je recule l'autre. Peter est également en position d'attaque et nous attendons.

— Tu te crois plus malin. Tu veux monter ton propre business...

Les mots de Peter me désarçonnent. Il est persuadé que je souhaite un jour doubler James pour prendre sa place ?

— Pardon ?

Je ne peux m'empêcher de me redresser en répondant. Grosse erreur, Peter en profite pour fondre sur moi. Mon couteau bien en main, mais mal axé ne me sert à rien et je suis projeté en arrière jusqu'à atterrir dans l'eau.

Le corps de Peter me bloque sous la surface et je sens ses mains se poser sur mon cou. L'air commence à manquer et je distingue une sorte de cailloux. Mes doigts tâtonnent avant de l'attraper pour le jeter sur sa tête. Le premier coup est inutile et je réitère avec plus de force. D'un seul coup, le gorille devient pantin désarticulé et retombe mollement sur le côté. Je refais surface en toussant et tire Peter vers moi. Il a beau être con, je n'ai pas envie d'être responsable d'une noyade ce soir.

— Aide-moi, dis-je. Il pourrait y rester même avec dix centimètres d'eau.

Sy obtempère sans dire un mot et remonte le corps inconscient de son collègue.

— Il est à cran, me dit mon ami.

— On l'est tous avec cette histoire de taupe.

— Pour Peter, c'est pire, insiste-t-il.

Je fixe le jeune homme dans les yeux pour comprendre de quoi il parle, mais il me fuit. A-t-il peur de moi ?

— Qu'est-ce qu'il se passe ?

— Je ne sais pas si je peux te le dire.

— James me fait confiance, dis-je.

— Justement...

Sa réponse reste en suspens dans le vide. Est-ce encore un test pour évaluer mon dévouement au groupe ? J'ai pourtant l'impression de voir de la sincérité et de la peur sur son visage.

— Peter a des problèmes ? James pourrait arranger ça, assuré-je me couvrant toujours derrière une fausse loyauté.

— Il n'en aurait pas sans lui, crache-t-il en fixant son ami inconscient.

La réponse est claire, Peter est victime de chantage et James tire encore toutes les ficelles. Qu'a-t-il de compromettant sur le gaillard ? Est-ce comme moi une histoire de sentiments ? Je revois le sourire de Jenny et je me frotte le visage toujours trempé. Mes cheveux noirs sont assez longs et je peux les plaquer en arrière malgré quelques boucles sauvages qui reviennent sans cesse vers l'avant.

Je suis humide et il fait froid, pourtant ce n'est pas la raison de mon frissonnement.

— Qui est-ce ?

Sy m'observe sans comprendre. Peter gémit, se retourne, crache de l'eau et se redresse un peu. Son regard est noir, mais il n'a plus l'air de vouloir me frapper.

— Ma fille, glisse-t-il.

Un filet d'eau ressort encore par sa bouche et il tousse.

— Pour moi, c'est ma copine, avoué-je. Il nous tient tous avec quelque chose.

— Pour qu'on ne puisse pas s'enfuir, termine Sy.

Nous attendons assis sans un mot. Avons-nous peur de l'avenir ? Certainement. Mais bien plus de James que du reste. Il sait très bien que Peter obéira pour sauver sa fille et Sy doit également avoir quelque chose à perdre dans l'histoire.

— On se demandait... Il t'a dit l'identité de la taupe ?

C'est Peter qui m'interroge, mais mon ami semble avoir la même question au bord des lèvres. Je soupire, de toute façon vu la situation, l'avouer n'est plus si grave que cela. J'aide Peter à se mettre assis avant de répondre.

— Oui... Je dois m'en occuper demain.

Je ne sais toujours pas comment faire. Mon objectif était surtout d'amener Jenny est sécurité pour ensuite aviser avec elle. J'aurais voulu lui raconter en détail les affaires de James, Mark, ce que je devais faire. Nous aurions pu monter un plan ensemble, au lieu de ça, je suis en train de l'emmener dans un guet-apens. Les deux hommes me fixent en essayant d'en apprendre plus, mais je n'ai pas envie de me confier. Je n'ai aucune assurance que James ne jouera pas à nouveau sa carte chantage pour obtenir des informations d'eux. D'ailleurs, je ne pourrais même pas leur en vouloir. Il appuie sur nos faiblesses et nous n'avons qu'une chose à faire, obéir.

À l'époque où je l'ai connu je n'avais pas pris la mesure de son influence ni ce que signifiait véritablement de rentrer dans son groupe. J'étais perdu et je lui ai donné les cartes pour me mettre sous sa coupe, tout seul. Il n'a pas eu besoin de me convaincre ou d'user de stratagème. Mais je ne connais pas l'histoire de Sy, Peter ou encore Mark. Je n'ai aucune idée de la raison qui les a poussés à devenir des hommes de James.

— Il y a des chambres à l'étage. Vu que nous sommes trois, nous pourrons faire des rondes chacun notre tour, lâché-je.

Sy acquiesce, suivi de Peter. Je ne sais pas comment je vais pouvoir intercepter Jenny sans qu'ils apprennent sa venue, mais je dois au moins essayer. Peter monte au premier déclarant chercher des serviettes pour se sécher. Sy, lui, reste debout sur la terrasse à observer le lac et les reflets de la lune.

— C'est beau, avoué-je en admirant derrière lui le paysage.

— Si seulement on pouvait vraiment en profiter. Tu mens mal, Dean... Tu as toujours été un piètre baratineur.

Je frissonne et serre mon couteau. Je n'ai pas envie de l'utiliser contre lui, mais la tournure de la conversation ne me plaît pas. De quoi parle-t-il ? Qu'imagine-t-il ?

— Je...

Ma voix meurt tandis qu'il reprend :

— Quand tu parles de ta copine, je te crois. Quand tu parles de l'ordre de James pour éliminer la taupe, je te crois. Mais... tu mens en disant que demain tu vas t'en occuper.

Je ne réplique rien, préférant écouter tout ce qu'il a à dire.

— Josh a disparu… m'apprend-il. Mark est introuvable aussi.

Pour Mark, j'en connais la raison. Il a dû comprendre que James se méfiait de lui. Il est intelligent et doit se cacher quelque part. C'est pour cette raison d'ailleurs que la mission de le retrouver m'a été imposée. Il me fera confiance. Ce qui n'est pas le cas pour tous les autres.

— Alors, il y a deux solutions, continue Sy. Soit Josh est la taupe, mais j'en doute. Soit il s'agit de Mark.

Je déglutis. Sy est bon en déduction.

— Si la réponse est ma deuxième supposition, il est logique que James t'utilise, rajoute-t-il. Mais je t'imagine mal obéir sans poser de questions. On parle d'éliminer quelqu'un.

— Sauf qu'on n'a pas toujours le choix, répliqué-je.

— Ah oui ? Tu es prêt à appuyer sur la détente et voir la vie de Mark disparaître dans tes yeux ? As-tu déjà pris la vie de quelqu'un Dean ?

Mes mains viennent me cacher le visage. À chaque fois que j'y pense, la bile me monte à la gorge. Je suis fait pour sauver des vies, pas en ôter.

— Tu passes ton temps à t'inquiéter pour tout le monde et tu essaies me faire croire que tu vas te transformer en tueur de sang-froid ?

— Qu'est-ce que tu veux que je te réponde ?

— J'ai besoin de savoir si tu en es capable. Il n'y a pas que ta vie ou celle de ta copine en jeu ! Il faut que tu comprennes une chose, si tu loupes, il demandera à quelqu'un d'autre après vous avoir tués tous les deux.

Je fixe l'homme que je pensais être mon ami et assimile petit à petit ce qu'il sous-entend.

— Tu veux dire que ça sera toi.

— Oui. Je suis celui qui nettoie à chaque fois, Dean. Je veux savoir si je vais devoir te tuer ou si tu vas avoir le courage d'éviter un bain de sang.

— Quoi que je fasse, il la tuera, n'est-ce pas ?

Des larmes coulent le long de mes joues et je n'ai pas envie de me cacher. Je suis terrifié. James n'a rien de compromettant sur moi. Je pourrais fuir avec Jenny très loin et recommencer une nouvelle vie. Il ne pourra rien faire contre ça. Je ne vaux pas assez.

— C'est possible, avoue Sy. Mais une chose est sûre, si tu n'élimines pas Mark, il me demandera de te tuer. Et à la différence de toi, je sais que je n'ai pas le choix. Tu peux faire semblant de croire que tu as des options, ce n'est pas le cas.

— Alors que dois-je faire ?

— Choisir entre la fille que tu aimes et la liberté.

Il a raison. À partir du moment où j'appuierais sur la détente pour éliminer Mark, James aura des preuves et l'un des plus efficaces moyens de chantage. Je devrais alors lui offrir une vie entière sous ses ordres.

— En fait, je n'ai pas le choix.

En disant ça, je n'ai encore aucune idée de ce que je compte faire demain matin. Sy a été clair, dans tous les cas, il terminera le travail. Jenny sera en danger quoiqu'il arrive et Mark mourra. La seule différence c'est que soit je peux survivre avec une épée de Damoclès au-dessus de la tête, soit vivre toute ma vie sous la coupelle de James. Ni l'une ni l'autre des solutions ne me paraît confortable.

— Va dormir, je prends le premier tour, glisse Sy.

J'acquiesce, Jenny n'arrivera pas avant l'aube de toute façon et à ce moment-là, je serai le guetteur. Jusque-là, j'ai le temps de trouver un plan un peu mieux que celui proposé par mon collègue.

Quand je rentre dans la maison, je me demande comment James le tient. Qu'a-t-il fait de monstrueux pour qu'il ne puisse plus rien lui refuser ?

Je tressaille et comprends que je n'ai peut-être pas envie de connaître la vérité sur chacune des personnes ici. Peter sait se battre et a l'air toujours en colère. Jamais il n'a parlé de sa fille et pourtant il semble y tenir énormément. Beaucoup de gens ont des secrets ici et je vais peut-être devenir l'un d'eux.

Chapitre 9
Julia

Présent

— Vous devez rester ici, répète l'infirmière.

J'acquiesce, consciente de ce que je peux porter et transmettre aux autres. Cachée derrière mon masque, je cligne des yeux pour lui faire comprendre que je suis en total accord avec son choix. Ma gorge est brûlante et je préfère économiser ma voix.

— Owen commence à ne pas se sentir bien, dit-elle en direction de Dean. Voulez-vous prendre la direction ?

Il hoche négativement la tête et cela me surprend.

— Je reste avec elle, explique-t-il. Vous gérez parfaitement la situation, continue-t-il et l'infirmière le remercie d'un signe.

Il pose la main sur la poignée de la porte quand un hurlement nous paralyse.

— Merde, jure Dean.

Contre l'avis de tous, je cours derrière lui pour venir aider. Adel est à côté de Rick et pleure. Une des soignantes encore là essaie de lui faire comprendre qu'il n'y a plus rien à faire, mais elle s'entête. Je vois Dean s'avancer vers elle pour la gérer, mais il est hors de question qu'il prenne ce risque. Son front est perlé de sueur et elle n'a pas l'air mieux que moi.

— Pousse-toi.

Il ne m'obéit pas et je suis obligée de le contourner pour attraper Adel par les épaules. Elle se rend compte de ce que je suis en train de faire et se débat. Son état semble moins préoccupant que le mien et j'avais sous-estimé sa force. Son coude me propulse en arrière et je me déséquilibre.

Ma tête heurte un chariot et je perds connaissance avant de toucher le sol.

— Julia !

Le cri de Dean m'accompagne et je m'étonne de tomber doucement dans du liquide. Au début, je crois qu'il s'agit de mon sang avant de comprendre que je suis dans de l'eau. Je me redresse et je distingue Dean sautant d'un ponton pour venir vers moi. Il est tout habillé et je trouve étrange de le voir en bermuda et t-shirt, lui qui est si souvent en chemise.

Ses mains brisent l'eau dans son plongeon et en quelques nages, il arrive à ma hauteur.

— Julia ?

Il a l'air angoissé alors que tout va bien.

— Je vais bien Dean… Je vais bien…

Ma voix est faible et j'ai mal au crâne. Je mets ma main dans mes cheveux et grimace.

— Tu es tombée près du ponton, explique-t-il en me prenant dans ses bras.

— Je suis maladroite, avoué-je.

Il sourit et me ramène au bord. Nous sommes aux Bahamas. Je reconnais la villa que j'ai eue après mon mariage catastrophique. Ma robe de mariée est pendue sur le côté. Dean m'a suivie dans l'avion ? Je le fixe et ne cherche pas à comprendre. Je me sens nauséeuse et je préfère qu'il me pose pour ne pas lui vomir dessus.

— Je n'ai pas envie de rendre mon repas sur toi, dis-je un peu gênée.

— Quand on est enceinte, c'est normal d'être parfois indisposée. Je n'imagine même pas ce qui aurait pu vous arriver, souffle-t-il en secouant la tête.

— Nous ? répété-je.

Il s'approche de moi. En faisant des petites vagues. Nous avons pied maintenant et je regarde sa main se poser sur mon ventre arrondi. Des larmes coulent le long de mes joues quand je comprends qu'il parle de notre enfant. Celui que je porte.

— Oh mon dieu, j'aurais pu le perdre, m'effrayé-je.

— Ne panique pas, le médecin a dit que ce n'était pas bon. C'est d'ailleurs pour ça que nous prenons des vacances. Ton projet de clinique t'accapare tellement.

Je cligne des yeux ? De quoi parle-t-il ?

— Tu es sûre que ça va ? s'inquiète-t-il me voyant un peu perplexe.

— Oui. Je crois que j'ai tapé un peu trop fort contre le ponton. J'ai l'impression d'atterrir au milieu de…

— De quoi ? D'une vie parfaite ? sourit-il.

— Un peu oui…

Il m'attire contre lui et m'embrasse tendrement avant de déposer un baiser sur mon gros ventre, plein d'amour.

— Ta maman s'inquiète parce qu'on vit notre meilleure vie, petit bout ? Elle est toujours comme ça, tu verras, elle t'aimera, mais aura peur de te perdre, comme j'ai chaque jour, peur de me réveiller hors de notre cocon de bonheur.

Je souris et lui relève la tête pour l'embrasser à nouveau.

— Vous savez que vous êtes sacrément sexy monsieur le docteur avec vos cheveux mouillés.

— Chut, rit-il en mettant son index sur ma bouche, elle entend tout.

Je frissonne, alors c'est une fille. J'ai les yeux brillants de reconnaissance sur ce qui m'arrive quand il dépose un baiser sur mes lèvres avant de me susurrer.

— On peut continuer à faire des bêtises silencieusement.

Je glousse avant de me laisser entraîner dans le jacuzzi. Lorsqu'il enlève son t-shirt, je vois des marques inconnues et je pose la main dessus.

— Qu'est-ce ?

Quand il se tourne vers moi, il a des yeux différents. Je recule instinctivement et mon ventre disparaît. L'eau qui nous entoure également et je sens que j'ai de nouveau un vertige.

Je cligne des paupières et vois Dean au-dessus de moi. Il est en train de se déshabiller devant moi.

— Jetez ça, dit-il en donnant son t-shirt couvert de sang.

— Que…

— Ne parle pas. Tu es tombée, explique-t-il en se penchant vers moi avant de mettre une combinaison totale. Tu as du mal à respirer ce qui te fait perdre connaissance. J'ai besoin que tu me fasses confiance.

Je le fixe et essaie de lui répondre, mais je me sens déjà partir.

— Je te fais confiance, murmuré-je.

J'ouvre les yeux et l'hôpital a de nouveau disparu et je comprends que je ne fais qu'une suite d'hallucinations. Je suis allongée dans un lit et avec à mes côtés, Dean, en train de dormir paisiblement. Je me redresse pour visiter le lieu où je suis. C'est une grande maison à première vue. Je marche pieds nus et je suis simplement vêtue d'une nuisette fluide. Ma peau est moins tendue que d'habitude et je comprends que je suis plus âgée. Le reflet que je vois dans la baie vitrée me le prouve. Derrière celle-ci, je profite d'une vue incroyable sur un lac. Juste devant, une piscine où des dizaines de jeux flottent, me montrant qu'il y a plus que Dean et moi ici. Mon cœur se serre et je sais déjà que je ne vais pas en sortir indemne. Je pivote et découvre la cuisine. Il y a de nombreuses de photos sur le réfrigérateur et je pose mes doigts sur chacune d'elle. Il y a celles de notre mariage. Rayonnante, je l'embrasse avant de rire à pleins poumons sûrement à cause d'une de ses blagues.

Les suivantes me montrent bronzée au bord d'une piscine, puis le ventre arrondi. Il y a Dean et une petite fille en blouse blanche pour faire comme papa et maman. Ensuite, dans un soleil, un garçon, réplique parfaite de Dean avec ses bouclettes brunes indomptables qui tient un petit chien dans ses bras. Le chiot regarde l'appareil et sur l'autre lèche le visage de mon fils. Une larme coule le long de ma joue. Pourquoi suis-je en train de rêver de ça ?

Perdue, je marche dans le couloir sans entendre un seul bruit. Les deux prénoms écrits sur les portes m'aident à me repérer et je pousse la poignée de la première. Ma fille dort paisiblement dans son lit et je l'observe. J'aimerais graver ça dans mon esprit, ne jamais oublier l'amour qui se dégage de moi en posant les yeux sur elle, sauf que rien n'est vrai. Je referme la porte et ouvre la deuxième.

Mon fils est recroquevillé et semble faire un cauchemar. Sans réfléchir, je m'avance pour le rassurer. Il soulève ses paupières en m'entendant m'asseoir à côté de lui.

— Maman ? sanglote-t-il. J'ai rêvé que tu t'en allais… Papa était très triste.

Je souris en caressant sa joue humide.

— Je ne partirai jamais mon ange.

Ma promesse sonne faux, mais il ne se rend pas compte et referme les yeux pour s'endormir. Le chiot, allongé à ses pieds, arrive vers moi et je le prends pour laisser mon fils se reposer paisiblement.

La maison est toujours silencieuse et je me sens mal. Quand je reviens dans la pièce principale, j'observe la vue incroyable de ma maison et je me demande pourquoi ma vie ne ressemble pas à ça. J'ai l'impression que j'ai loupé quelque chose.

— Qu'est-ce que tu regardes comme ça, souffle Dean derrière moi.

— J'ai… Quand a-t-on su qu'on était fait pour être ensemble ?

— La première fois qu'on s'est rencontré assurément, dit-il.

— Vraiment ? Là-bas ?

— Dans ce petit pub, oui, chuchote-t-il en déposant un baiser dans mon cou.

— Un pub ? C'était une boite de nuit ! précisé-je en reculant.

Son visage se fige et il se mord la lèvre. Puis il hausse les épaules et s'en va vers la cuisine.

— Si tu le dis. Tu sais, ma mémoire n'est pas toujours bonne, dit-il.

Perplexe, je le regarde de dos avant d'avoir un mal de tête incroyable.

— Julia ?

La voix de Dean panique, mais celui qui est devant moi ne bouge plus. Je sens qu'on me tire de ce rêve pour revenir à la dure réalité. La bouche en feu, je sursaute et je vois plusieurs yeux se braquer sur moi.

— On ne peut pas la laisser ici, lâche une infirmière.

— Je l'emmène en salle de repos et vous fermez derrière nous, propose-t-il.

Je me sens portée, mais je n'ai pas la force de parler.

— Donnez-moi de la morphine, ordonne-t-il.

Je pose ma tête contre son torse et perds connaissance ne sachant plus ce qui est réel et inventé.

Chapitre 10
Dean

Passé

Je me réveille en sursaut tandis qu'un bruit de moteur se fait entendre dans la cour. Le lit dans lequel j'ai dormi était plus dur que de la pierre et je sens mon dos me tirer. Un peu déboussolé, je dois me souvenir d'où je suis avant de prendre conscience de l'arrivée imminente de Jenny. Je me jette à la fenêtre et m'étonne de voir un énorme véhicule noir s'arrêter. L'aube a dû pointer le bout de son nez il y a à peine une demi-heure et je m'interroge sur l'identité de l'arrivant. Jenny n'a pas pu se payer une voiture pareille, même pour une course. Il s'agit de quelqu'un d'autre, j'en suis persuadé. Je vois la silhouette de Sy s'avancer vers le véhicule qui s'arrête juste sous ma fenêtre. Je retiens ma respiration quand j'entends le contact se couper et la portière avant s'ouvrir. Des chaussures noires et un homme en sort.

— Merde, soufflé-je en voyant James, lunettes noires et veste en cuir s'extraire du véhicule.

Qu'est-ce qu'il fout là ? C'est la première question qui me vient avant d'angoisser sur la possibilité que Sy m'ait vendu. Je pivote pour récupérer mes affaires et m'enfuir quand je vois Peter sur le seuil de ma porte. Ses yeux me fixent et j'attends qu'il parle ce qui ne tarde pas à venir.

— Tu comptais partir quelque part, remarque-t-il en désignant le sac plein dans ma main.

Innocemment, je regarde le sac et je hausse les épaules.

— Moi ? Non pourquoi ?

Peter rit, ironiquement, avant de s'avancer un peu. Les mains dans les poches, il fait semblant d'être décontracté.

— Tu sais, on se connaît pas très bien Dean. Tu as l'air d'être un bon gars, j'en doute pas… Mais Sy a raison, tu ne sais pas mentir.

J'acquiesce. Il a donc entendu notre conversation d'hier soir pour dire ça, me traitant de piètre menteur. Il est bien conscient que je ne suis pas là sous les ordres de James. Est-ce lui qui m'a vendu ? Cela ne m'étonnerait pas.

— Tu comptes faire quoi ? Me frapper encore une fois ?

— Crier à James que tu es en haut serait plus rapide, note-t-il.

Je ris. C'est maintenant que mon aventure s'arrête. Je n'aurai pas fui longtemps et je me trouve plutôt pitoyable. Jenny arrivera-t-elle à s'enfuir si je me livre tout de suite ? C'est peut-être le seul maigre espoir que je garde au fond de moi quand je pose le sac à terre.

— Sage décision, glisse Peter avant de se reculer en me faisant signe de la fermer. Je fronce les sourcils et m'avance vers la porte tandis qu'il disparaît sur le palier.

— Ramène ton cul !

La voix de Sy est étrange et Peter réapparait sur le pas de la porte en posant son index sur ses lèvres.

— Cache-toi, souffle-t-il.

— Pourquoi ?

— Parce que Sy vient de faire l'accent de son enfoiré de père français et entre nous cela m'informe que c'est la merde. Il a parlé au singulier, ça signifie qu'il veut que je te cache. Sache que je n'ai aucune sympathie pour toi, mais ce mec m'a sauvé la vie un bon nombre de fois, alors je lui fais confiance. Monte dans cette armoire et tout de suite avant que je change d'avis.

J'obéis et rentre tandis qu'il me balance mon sac et toute autre preuve de mon passage cette nuit. Un peu perplexe, j'attends la suite des opérations et je sursaute quand j'entends une arme à feu s'actionner. La bile me monte en imaginant un des deux morts par ma faute. Je suis prêt à quitter ma cachette pour me rendre et arrêter ce massacre, mais je discerne le bruit d'un moteur, la voiture a démarré et s'éloigne.

— Oh, mon dieu, soufflé-je avant de sortir, tremblant.

De naissance, je suis loin d'être un combattif et je déteste la violence gratuite. Je crois que Dieu a voulu se jouer de moi et me prouver qu'on ne devient pas toujours le reflet de ce qu'on était à la naissance. Ma vie est un champ de guerre permanent et cela m'angoisse affreusement.

— Dean bouge, hurle la voix de Sy dans l'escalier.

Alors c'est Peter qui a pris pour moi ? Je prends mon sac et descends, blanc comme un linge. Mon étonnement doit se lire sur mon visage quand j'arrive et contemple Peter d'un air ahuri.

— Tu verrais ta tête, réplique-t-il. Il aurait manqué une caméra.

— Tu n'es pas mort ? Personne n'est mort ? criant presque de soulagement. Oh mon dieu, si vous saviez à quel point je…

Ma voix s'éteint quand Peter se décale sur le côté pour me laisser voir une mare de sang. Deux pieds sont couchés au sol dans une drôle de position et je comprends que je ne m'étais pas trompé.

— Oh merde, soufflé-je.

Je ne sais pas de qui il s'agit, mais peu importe. Personne ne mérite de mourir comme un chien de cette façon.

— James l'a tué ? dis-je en retenant de toutes mes forces de vomir.

— Non, c'est moi, déclare Sy en passant à côté de moi avec un sac poubelle. Et tu vas nous aider à le camoufler.

Je reste sans voix et recule face à l'homme que je croyais être mon ami. Peter rit de plus belle tandis que l'autre soupire devant ma réaction.

— C'est bon. C'était lui ou toi, Peter ou encore moi. Tu ne sais décidément pas comment fonctionne James. Je te l'ai dit, je nettoie. Cela a toujours été mon rôle dans le groupe.

— Tu ne tirais pas avant, note Peter.

Les yeux de Sy s'assombrissent avant de hausser les épaules.

— On évolue tous, lâche-t-il.

Il s'accroupit devant le corps de l'homme allongé sur le ventre et je n'arrive pas à comprendre comment il peut être aussi froid.

Peter vient à côté de lui et commence à l'aider à ôter ses vêtements.

— Tu nous donnes un coup de main ?

Ce dernier me fixe en me demandant ça.

— Je ne touche pas de cadavres !

Sy rit et Peter ne réagit pas, les sourcils froncés.

— Il a peur que James puisse le tenir avec un truc pareil, explique le premier.

Peter rit encore une fois et cela m'exaspère :

— Arrête de te moquer de moi ! Ce n'est pas idiot d'être mal en voyant un corps ou encore de ne pas vouloir le toucher, d'être complice de… Sy se lève, une arme à la main.

— On va être clair. Dean, je t'aime beaucoup, mais faut arrêter de nous juger. Peter et moi, on essaie juste de survivre pour le moment ! On t'a pas vendu et s'il y a un moyen de s'en sortir, on t'aidera parce qu'on veut que ça s'arrête. Mais pour l'instant, on est obligé de faire ce que nous dit James. Josh avait merdé. On n'y peut rien.

Mes yeux s'écarquillent et je regarde un peu mieux le corps allongé. Maintenant qu'il l'a dit, je reconnais les traits du jeune homme. Il était adorable et ne méritait pas de se faire abattre comme un chien. Je déglutis parce qu'au fond, je sais que Sy n'est pas responsable. Même si Jenny pense que nous avons le choix sur ce que nous faisons ou non, cela ne marche pas comme ça. Cela n'a jamais fonctionné ainsi. Nous devons nous battre pour survivre et ne pas plonger quand James l'aura décidé. Josh a voulu croire qu'il pouvait dire stop et voilà le résultat.

— Je peux faire quoi pour vous aider… sans le toucher ?

Peter ne peut s'empêcher de lâcher une mimique rieuse, avant que Sy ne me réponde :

— Fais un trou.

— OK… cinq mètres ? dix mètres ?

— On n'est pas dans une série américaine. Aucune Bones pour retrouver le corps. Nous, on est des pros. Contente-toi de faire un trou de deux mètres grand maximum et on s'occupe du reste, me lance-t-il en me faisant un clin d'œil appuyé d'une tape sur l'épaule.

Je fixe l'endroit où il vient de me toucher avec dégout. Cinq secondes avant, elle manipulait un corps décédé de ses mains. Enfin plutôt de son index sur cette arme à feu. Et moi qui croyais que je pourrais tuer Mark. Je suis pathétique. Ayant envie d'être utile, je pars à la recherche du cabanon et m'enfonce dans le jardin très boisé de la famille de Jenny. Si je n'étais pas paranoïaque avec un fou aux trousses et un mort sur les bras, je n'aurais peut-être pas fait attention à la silhouette sur ma gauche. J'aurais sûrement cru à une hallucination due à mon imagination. Sans doute, j'aurais oublié ce détail dans un coin de ma tête pour y repenser avant de me coucher, histoire de m'offrir de jolis cauchemars. Sauf que cette fois-ci, j'y ai prêté attention et j'ai dû faire de mon mieux pour ne pas hurler et continuer d'avancer. Dès que j'ai pu, je me suis caché derrière un immense chêne et j'ai attendu. J'avais le cœur aussi rapide qu'une montre à gousset et le ventre serré avant de percevoir des brindilles craquer. Je n'ai encore amené aucune arme et cela commence à être vraiment problématique mon manque de réflexe de survie.

Comme dans les films, je l'entends arriver doucement. Il doit se demander où je suis passé et je m'interroge sur ce que je dois faire exactement. Attendre qu'il me dépasse suffisamment pour courir vers la maison et me mettre sous la protection de Sy et de son arme ? Et s'il me tire dessus pendant que je fuis ? Je n'aurai aucune chance ? Mais au corps à corps, je ne suis pas meilleur et je n'ai aucune idée de la corpulence exacte de la silhouette.

Je fais de mon mieux pour disparaître dans le lierre autour du chêne et j'arrête de respirer au moment où il arrive près de moi. Je l'entends. Il ne doit être qu'à quelques mètres de moi quand je m'immobilise complètement. J'attends, les yeux fermés. Puis, plus un bruit. Quelque chose de froid glisse sur ma tempe et je pense à un insecte, pire, un serpent se cachant dans les feuillages pour guetter sa proie. Au lieu de ça, une voix s'élève et je sursaute.

L'embout de l'arme cogne contre mon front et je désespère de ne pas être tombé que sur un simple insecte venimeux.

— Tu comptes ouvrir les yeux un jour, claque la voix de Mark.

Je les ouvre immédiatement, extrêmement soulagé.

— Oh c'est toi, soufflé-je, en sortant de ma cachette.

Sauf qu'à la différence de mon expression et ton détachés, il a l'air toujours prêt à m'en coller une. Je cligne des yeux et comprends qu'il ne doit plus avoir confiance en personne et je ne peux pas le blâmer. Moi-même, je suis censé le tuer sur papier.

— Pourquoi tu t'es éloigné de la maison ?

Je grimace. Lui dire que Sy vient d'abattre de sang-froid Josh et que je compte l'aider à l'enterrer ne jouerait peut-être pas en ma faveur à l'instant.

— Si tu baissais ton arme avant de papoter un peu sur ce qui m'amène ici, et toi aussi par la même occasion, proposé-je sans trop y croire.

— Je t'aime bien, lâche-t-il. Mais je ne suis pas con. Qu'est-ce que tu fous dans ces bois ?

Je déglutis et désigne le petit cabanon non loin de nous. Il est miteux et avec un peu de recul, je ne suis pas sûr que j'aurais pu réussir à l'ouvrir sans qu'il s'effondre sur lui-même, mais ce n'est pas le sujet.

— Donne-moi une bonne raison pour ne pas t'en coller une entre les deux yeux, dit-il.

— Moi, lâche Sy en posant son arme à l'arrière du crâne du colosse.

J'écarquille les yeux. J'étais tellement pétrifié que je ne l'avais même pas remarqué. Ai-je au moins un instinct de survie ? Je commence à m'interroger.

— On se calme, soufflé-je de peur de parler trop fort et déclencher malgré moi une des gâchettes.

Sy soupire avant d'appuyer un peu plus le canon de son arme. Mark n'a pas sourcillé et je sens que cela ne peut que se finir en bain de sang et je n'ai pas envie d'être le futur Josh. Surtout que Jenny ne tardera pas à venir et qu'est-ce qu'il pourrait lui faire ?

— On arrête, sifflé-je. James veut qu'on s'entretue et c'est en train de marcher, souligné-je.

— Il a juste à lâcher son arme, réplique Sy.

Mark hausse les sourcils et me fixe visiblement pas prêt à le faire de son côté non plus.

— Vous savez quoi ? Vous voulez mourir, cool. Moi non. Donc Mark tu pointes Sy avec ton truc et vous vous arrangez ensemble.

Ni l'un ni l'autre ne bouge et sans comprendre ce qui m'arrive, je perds patience.

— Mais merde, m'exclamé-je en reculant. Vous voulez tirer ? Allez-y ! En tout cas, je peux vous le dire, je ne vais pas rester là à vous regarder faire. J'ai…

Je baisse les bras sans expliquer ce que je ressens et m'éloigne d'eux. Mark adapte la direction de son arme pour me suivre, mais je m'en fiche. S'il doit me tirer dans le dos, il le fera. De toute façon, qu'est-ce que ça changera ? A-t-on la moindre chance face à James ? J'en doute. Josh en est la preuve.

Les deux hommes me fixent étonnés et je pivote pour partir vers le cabanon.

— Ne bouge plus, tonne Mark.

Je hausse les épaules sans me retourner.

— Parce que sinon quoi ? Tu vas me tuer ? De toute manière, dans un combat même face à face, je n'ai aucune chance, lâché-je.

— Arrête-toi, hurle-t-il.

— Ne l'écoute pas, réplique Sy.

Je ne suis pas en train d'obéir au meurtrier de sang froid de la bande. C'est ma décision de partir vers ce cabanon et…

Le tir qui siffle près de moi me fait sursauter. Le deuxième m'ordonne de me cacher et tremblant, je trouve refuge derrière un chêne. J'entends les sons sourds d'une bagarre et n'ose pas regarder. Qu'importe qui gagne, je dois partir. Je m'apprête à avancer vers le fond de la forêt quand je vois les portes du cabanon s'ouvrir pour laisser place à un homme d'une trentaine d'années. Il est barbu et ses joues sont noircies. Depuis combien de temps est-il là ? Je n'ai pas l'occasion d'en savoir plus qu'il s'avance vers moi, un sourire carnassier sur le visage.

— Sy ? crié-je en le voyant faire tournoyer une sorte de petite hache. Mark ?

Qu'importe le gagnant du combat, il me paraîtra forcément plus sympathique que cet inconnu qui vient de se mettre à courir dans ma direction.

— OK, on se calme.

Les mains levées vers lui, je veux lui faire comprendre que je ne suis pas une menace, mais cela n'a pas l'air d'avoir un grand effet sur lui.

— Pas besoin de se…

Je ne termine pas ma phrase qu'il lance son arme vers moi. En hurlant, je pars en courant. J'inspire et me rappelle mon entraînement avec Jenny. Pour me préparer aux pompiers, je la portais dans la forêt qui bordait notre petite ville. Son poids représentait les charges qu'on nous obligerait à supporter le jour de l'examen et les racines me permettaient de performer sur mon équilibre. J'avais chuté de nombreuses fois, mais aujourd'hui je n'avais pas le poids de ma petite amie sur les épaules, mais la mort aux trousses. Déployant toute l'endurance que j'ai collectée ces derniers mois, je fonce comme un dératé vers la maison en oubliant Mark et Sy un peu plus loin sur ma droite. Je dois penser à ma survie en premier. Le fou furieux continue de me suivre et il est à seulement quelques mètres quand j'entends à nouveau des balles siffler non loin de moi. Je ne cherche pas à savoir qui elles ont touché et poursuis sur ma lancée. Je suis inarrêtable n'ayant jamais couru aussi vite. Une fois proche de la maison, je dévie et plonge dans le lac. Si je reste à couvert, il ne pourra pas me trouver. Ma diversion semble marcher et je rejoins la terrasse sous l'eau. Aussitôt arrivé près du bois, je pose mes mains sur le faitage en dessous et écoute.

— Joli tir, s'exclame Peter en direction de la forêt.

Vu son ton détendu, j'imagine qu'il parle à Sy ce qui doit signifier que Mark n'est plus. Cela me soulage autant que cela me peine. Il a voulu me tuer, mais il comptait pour moi.

Pourquoi tout le monde ne peut pas être simplement noir ou blanc dans cette histoire ?

— Il est où le petit ?

Je sursaute en entendant la voix de Mark non loin et m'apprête à répondre quand quelque chose bouge près de moi. Sans avoir besoin de me retourner, je comprends que l'homme de la forêt n'est pas venu seul et que me cacher sous l'eau n'était pas une bonne idée. Ma main droite se détache petit à petit du faitage en bois pour plonger dans le lac. J'essaie de bouger d'une façon naturelle pour qu'il ne puisse pas s'imaginer que j'ai remarqué sa présence, mais comme toujours, je n'y arrive pas. Son bras me tire sous la surface et je n'ai pas le temps de prendre ma respiration ou de hurler.

Une fois dans l'eau, j'ouvre les yeux et le vois fondre sur moi. Les faitages sont nombreux et comparés à son corps bodybuildé, je peux passer aisément entre les poutres ce qui me permet de gagner du temps. Je me souviens alors ne pas avoir voulu abandonner mon couteau de la nuit. Je tâtonne dans mes poches et sens la bosse de l'arme. Mon soulagement me fait échapper de précieusement bulle d'oxygène et je jure pour moi-même de ma bêtise. L'homme arrive et je n'hésite pas cette fois-ci. La lame s'enfonce au niveau de son avant-bras et je tente de l'insérer le plus loin possible avant de lui jeter un coup de pied au visage trop occupé à regarder les dégâts sur son bras. Cela ne lui fait inévitablement pas perdre connaissance, mais je gagne de l'avance pour rejoindre la surface. La terrasse est juste devant moi et du bout des phalanges, je me hisse dessus. Il attrape d'une main ma chaussure et je hurle sous la douleur que provoque le bois sur mes côtes à cause de son poids tracté.

L'arme de Peter est juste devant moi et je ne réfléchis pas. Je la prends et lâche le bois pour la tenir à deux mains. Ma chute est rapide, mais j'ai le temps de tirer trois fois sur la masse noire qui replonge en même temps que moi. Une fois assuré qu'il ne bouge plus, je nage jusqu'à la berge, le pistolet toujours dans la main. Tremblant, j'avance, trempé de la tête au pied, saignant au visage et la haine dans les yeux. Je braque mon arme sur Mark, puis Sy, Peter.

— On arrête les conneries, dis-je en souhaitant voir ce merdier nettoyé rapidement.

— Dean tu…

— ON ARRÊTE, répété-je, hors de moi, heureux d'avoir géré la violence avant l'arrivée de ma copine.

— Tu devrais… commence Sy avant que je ne le braque.

Une brindille craque dans mon dos et je retourne prêt à tirer. La silhouette derrière moi s'immobilise, le visage blême.

— Jenny ?

Je baisse le canon du pistolet pour la regarder, effaré de la voir ici avec tout ce qui vient de se passer.

— Dean ? murmure-t-elle paniquée.

Je ne pouvais pas craindre pire arrivée en fin de compte.

Chapitre 11
Julia

Présent

— Madame ? Nous attendons votre réponse, me sourit le prêtre.

Je cligne des yeux. Je suis dans ma belle robe, Dean est là au centre de la porte de l'église et me fixe. James ne réagit pas. On dirait qu'il est sûr de mon choix et qu'il n'a aucun doute concernant l'autre. Comme si j'étais acquise. Sauf que ce n'est pas le cas. Mon cœur a fait un bon en voyant la silhouette du médecin interrompre la cérémonie. Il est un peu en retard et le prêtre a déjà énoncé depuis cinq minutes les fameux mots « que quelqu'un parle ou se taise à jamais », mais qu'importe. Y a-t-il véritablement une date, un moment ou un mot à prononcer pour prouver son amour ?

Je fixe l'homme d'Église et inspire. Je sais très bien ce que je dois faire. Je n'ai pas le choix.

— Pardon, soufflé-je.

Mes pieds claquent sur le sol ancien de la chapelle et je me réfugie dans ses bras. Mon geste est si violent qu'il nous propulse hors du bâtiment et nous nous échouons en arrière. Mais au lieu de nous écraser dans les cailloux, nous atterrissons dans de l'herbe humide.

— D'accord, la prochaine fois, je réfléchirai avant de t'emmener faire une randonnée au printemps. Les fleurs te donnent de drôles d'idées, rit-il.

Je lève les yeux et remarque que l'endroit où nous venons d'atterrir est incroyablement beau.

— Pourquoi n'es-tu pas arrivé avant ? soufflé-je à la version de Dean plus heureuse que je n'aie jamais connu.

Il fronce les sourcils avant de me rétorquer :

— Ce n'était pas le moment, je suppose.

Sa réponse ne me convient pas. Il a l'air si triste tout d'un coup et j'ai envie de hurler. Parce que ce bonheur, on va me l'arracher encore une fois en me réveillant. Je me déteste de vouloir rester endormie pour profiter d'un mensonge et pourtant je dois l'avouer, mes visions avec Dean ont l'air si parfaites. Elles collent idéalement avec ce que j'ai toujours espéré. Je sais qu'il est horrible de rêver de ça tandis que je suis mariée. James ne mérite pas mes pensées infidèles et Dean devrait avoir une femme qui a le courage de l'aimer vraiment. Moi je ne fais que désirer ce que je ne peux pas avoir, comme une enfant.

— Tout va bien ?

Dean s'inquiète et je me rends compte que je suis en pleurs. C'est la première fois que mes émotions prennent le dessus sur les hallucinations et cela me terrifie. Est-ce la fin ? Mon esprit me montrait toutes les choses que j'ai ratées ? Comme les fameuses minutes où l'on voit sa vie défiler devant nous ? Je pensais que ce n'était pas que des visions de regrets. Qu'il n'y aurait des moments joyeux, pour nous rassurer.

— Julia, pourquoi tu pleures ? Tu as la vie que tu as choisie, non ?

Les couleurs changent autour de nous. La clairière de fleurs disparaît pour devenir du béton. Il fait tout d'un coup froid et je me vois sortir d'un café, un peu perdue. Je fronce les sourcils, ne comprenant pas ce qu'il se passe. Je connais cette rue. Et ce pub, c'est celui où j'ai bu un verre avec James ce fameux jour où nos chemins se sont rencontrés.

— Qu'est-ce que...

Je me sens mal. Mon esprit veut-il me faire culpabiliser encore plus ?

— Ce soir-là, tu as choisi ce que tu vis aujourd'hui, souffle Dean près de moi.

— Je ne sortais pas pour James, glissé-je. C'est lui qui m'a rattrapé ce soir-là.

— Et tu l'as suivi ensuite, non ?

Je ne dis rien. Dean a raison. Personne ne m'a poussé à tomber dans ses bras et je n'ai pas non plus le droit de me plaindre des dernières années. Pourtant, j'ai l'impression qu'il manque quelque chose au puzzle.

— Est-ce qu'on peut aimer deux personnes à la fois ?

Il grimace en fixant l'ancienne moi rentrer à nouveau dans le pub avec James.

— Je voudrais te dire que non. J'aimerais que tu te rendes compte que c'est moi et pas lui. Sauf que je te mentirais si je te disais qu'on ne peut aimer qu'une seule personne. Je crois que c'est bien plus compliqué que ça. Mais ce qui est sûr, c'est que tu dois en choisir qu'une seule à la fois. Sinon tu n'es pas juste avec l'autre.

Je déglutis.

— C'est mon mari.

Il approche son visage contre le mien et pose son front au mien.

— Je ne suis pas réel, Julia. Tu me crées et je ne sais pas pourquoi. Tu dois avoir tes raisons pour t'infliger ça…

— Je ne peux pas le quitter, sangloté-je.

— Alors, oublie-moi…

Sa voix devient murmure et il disparaît, laissant le contact quelques secondes sur ma peau avant de me sentir seule dans cette ruelle en pleine nuit. Des larmes coulent et je commence à avoir du mal à respirer à cause de mes sanglots. Je tousse et ce qui m'entoure change une dernière fois de forme. Je suis épuisée par les hallucinations et souris bêtement en regardant le sol blanc de l'hôpital devant mes yeux.

— Dis-moi que je ne délire pas, soufflé-je avant de lâcher un filet de sang.

Vu mon état physique, il est peu probable que ce soit autre chose que la réalité compliquée de ma vie.

— Relève-toi.

L'ordre de Dean est clair et j'obéis grâce à son aide.

— Tu es réveillée c'est déjà bien, dit-il en tapotant mon front d'un linge humide.

— C'est si mal parti que ça ?

Il s'apprête à répondre quand une voix arrive de nulle part.

— DEHORS !

Je sursaute ce qui me provoque une douleur au thorax. La voix vient de derrière la porte de la salle de bain, jointe à celle de repos. Je fixe Dean en ayant l'impression que c'est Adel qui a parlé.

— Adel ? dis-je à demi-mot en sa direction.

Il acquiesce avant de rajouter :

— Elle a pris les toilettes en otage, souffle-t-il. Pendant que tu perdais connaissance, nous avons déclaré le décès de Rick. Il est mort dans ses bras… Et elle est dans le même état que toi.

Ce qui veut dire, vraiment mal si j'en crois sa mine anxieuse.

— Partez, hurle l'ambulancière une nouvelle fois.

— Nous n'avons pas le droit de sortir Adel. Mais nous pourrions avoir besoin du lavabo de votre côté, explique Dean en fixant ses linges déjà bien ensanglantés.

Pour toutes réponses, il reçoit un silence pesant. Je me traîne jusqu'à la porte, mais l'effort est trop dur et je m'arrête au milieu de la pièce. Je me force à ne pas tousser avant de parler d'une faible voix que j'espère suffisante pour me faire entendre :

— Adel, dis-je. Soyez raisonnable. Je suis contaminée et Dean porte une combinaison. Si vous avez peur de nous infecter, c'est impossible.

Deuxième silence et je suis prête à recommencer quand elle reprend :

— Il... vous l'avez vu... je ne veux pas être responsable d'un autre décès.

Je serre la mâchoire. Elle parle de Rick et je ne sais pas quoi lui dire. Je fais moi-même des rêves bourrés de regrets alors que l'homme à qui je pense est encore en vie et devant moi. Comment pourrais-je imaginer la douleur si Dean était décédé ?

— Je sais que ce n'est pas simple Adel.

— Vous ne savez pas, non. Il est mort et... je fais quoi moi maintenant ? Je l'oub...

Elle sanglote et tousse à la fois tandis que des larmes coulent sur mes joues. Est-ce possible de pouvoir la réconforter ? Je n'en ai aucune idée et je n'arrive pas à arrêter l'eau salée glisser le long de mon nez rougi. J'ai mal au ventre et cela n'a rien à voir avec ce satané virus.

— C'est vrai que je n'ai pas perdu quelqu'un aujourd'hui, Adel. Mais j'ai fait des erreurs dans ma vie, beaucoup… Et je sais ce que ça fait de regretter. Vous vous pensez responsable et je comprends votre sentiment. Croyez-moi, si je pouvais le changer, je vous aiderais, mais c'est…

Je m'arrête. Dois-je lui dire plus violemment que c'est fini ? Qu'elle n'a plus le droit d'espérer. Le déni est aussi important que l'acceptation selon des dizaines de médecins et je n'ai pas envie d'être cette petite voix dans sa tête qui lui implore d'oublier Rick. C'est impossible.

— Vous devez vous battre Adel, c'est tout ce que je vous demande, dis-je avant de cracher du sang sur le sol. On ne peut rien faire d'autre que s'accrocher. Les femmes comme nous se battent. Elles ne baissent pas les bras, jamais.

De ce que j'ai entendu tout à l'heure, c'est leur véhicule qui est arrivé en premier. Rick et elle ont été les premiers sur les lieux à trier et emporter les victimes. Si elle croit être responsable des morts récentes, ce n'est pourtant pas le cas. Sa réactivité a permis à notre personnel de boucler des hôpitaux avant que l'épidémie se propage.

— Nous avons ce virus sous contrôle et c'est grâce à lui, à vous, votre équipe, expliqué-je. Vous ne devez pas vous en vouloir !

— Nous étions… vous… c'était un binôme incroyable, sanglote-t-elle.

— C'est merveilleux d'avoir quelqu'un en qui nous avons confiance et je suis sûre qu'il aurait été le premier à vous demander de sortir.

En disant cela, sans le faire exprès, je romps le contact. Je jure pour moi-même. Je m'avance encore un peu et essaie de me relever pour arrêter d'avoir cette sensation de tournoyer. Je suis accrochée à la poignée quand je relance l'ambulancière :

— Adel, j'ai besoin de cette pièce...

Mon ton est presque menaçant. La fièvre monte et j'ai du mal à garder mon calme. Dean veut m'aider à m'asseoir, mais je refuse qu'il me touche. Nos combinaisons épidémiques ne sont pas fiables à 100 %. Plus il est loin, mieux il sera protégé.

— Tu peux partir, lâché-je.

Il hoche la tête négativement.

— Si. Nous allons avoir besoin de calmant, Adel et moi, dis-je.

À contrecœur, il est obligé d'avouer que nous commençons à manquer de produits et qu'il doit également se rendre compte de la situation des autres patients. Une fois sortie, je me laisse aller au sol.

— Vous réagissez comme moi, note-t-elle.

— De quoi parlez-vous ?

Ma toux la fait patienter avant de répondre.

— C'est votre Rick à vous. Ne faites pas la même bêtise que moi... J'ai trop attendu.

J'inspire pour éviter une autre toux. Dean ? Oui, en quelque sorte je ressens une partie de ce qu'elle éprouvait pour son binôme. Mais notre situation est si différente. Je suis mariée, Dean s'est opposé au mariage qu'après donc trop tard. Ce n'est pas vraiment une preuve d'amour, mais plus de lâcheté. Et mes hallucinations ne sont que des façons de me montrer à quel point je suis dans un état pitoyable.

C'est tout du moins ce que je veux croire sinon je vais finir folle et désespérée. J'ai bien vu Dean avec Nina, il n'avait pas l'air malheureux. Il n'est pas venu aux Bahamas, comparé à James. Il n'a jamais fait d'efforts qui lui coûtaient. Il a toujours connu une vie simple et sans complication. Il ne sait pas ce que c'est d'être redevable d'un homme. Sans James, je n'aurais jamais pu reprendre mes études. Il paie sans me rabaisser et je lui dois beaucoup de choses. Dean ne peut pas comprendre ça. Il ne le pourra jamais.

Mon front perle de sueur et mes lèvres changent de couleur. Je connais chaque symptôme qui m'assaille et surtout leur définition par gravité. Mon état se détériore bien de trop rapidement pour ne pas nous affoler.

— Adel, nous avons besoin de vous, chuchoté-je.

— Je ne sortirai pas si nous n'avons aucun moyen de… Je ne veux pas qu'il soit mort pour rien.

Je le comprends et inspire pour essayer de me mettre à réfléchir posément. Pour trouver la pathologie, ils auront besoin d'un maximum d'informations et elle peut les avoir.

— Il n'est...

— Il est mort... sanglote-t-elle en voyant que je n'ose pas employer le mot.

Ses pleurs me brisent le cœur. Lui parler est trop tôt. Ce qu'elle vient de vivre est psychologiquement très dur. C'est souvent pour cette raison qu'on n'opère jamais un ami ou un collègue. On ne doit pas faire entrer des facteurs affectifs face à nos diagnostics ou nos réactions. Si le patient meurt, nous devons être capables de passer à autre chose très rapidement. Ce n'est pas être sans cœur, mais professionnel. Sauf qu'Adel ne peut pas le faire. Rick et elle supportaient leurs journées ensemble. Nous les avons vus évoluer tous les deux aux urgences. Leur complicité était flagrante et tout à l'heure, au moment où il n'avait plus que quelques mots à dire, il n'a pensé qu'à elle. Est-ce plus simple d'avoir ce lourd poids sur les épaules ? Obtenir le dernier souffle d'un homme quand on se croit coupable de sa mort ?

— Adel, combien de véhicules sont arrivés sur place ?

Silence. Court, mais intense qui nous paralyse. C'est si étrange de ne pas avoir des personnes qui courent dans les couloirs, hurlent des ordres. Aujourd'hui, les urgences paraissent vides, presque mortes.

— Celle de Cameron. Allie, Sacha, Owen, Speedy et Nick... Spencer devait envoyer d'autres équipes ensuite, mais les pompiers sont arrivés et ils nous ont proposé d'en transporter. C'était tellement le chaos que je ne sais pas qui a pris qui, ni où ils sont allés. Vos urgences restent notre habitude alors je suppose qu'il doit y en avoir plus de la moitié à s'être dirigés ici.

— Six véhicules donc... Ce qui fait une douzaine de personnes sur les lieux sans compter les pompiers

— Exactement. Un massacre, souffle-t-elle.

— Peut-être pas. Vous êtes toujours en vie, Adel. Il est possible que les autres le soient aussi.

— Docteur... je ne veux pas vous manquer de respect, mais vous auriez été une très mauvaise psychologue. Vous essayez de me rassurer avec des suppositions tandis que je souhaite entendre des certitudes.

Je ne dis rien. Je n'ai jamais été très douée pour les relations humaines, il est vrai. Néanmoins, je connais mon métier et il se peut que le virus réagisse plus rapidement dans des corps avec des pathologies extérieures.

— Saviez-vous si Rick était en bonne santé ?

Elle paraît réfléchir un instant et je vois mon cher médecin revenir avec les mains pleines. Je pose un doigt sur mes lèvres pour l'inciter à se taire. Du sang vient se coller dessus et je ne peux pas m'empêcher de grimacer avant de l'essuyer rapidement. Dean s'assoit contre l'un des murs en face de moi. À son regard, je vois bien qu'il est inquiet.

— Tu vas bien ? articule-t-il sans presque un son.

J'acquiesce, mais le sang qui coule de mon nez me fait mentir. Je l'essuie d'un revers de la main. Je n'avais pas encore ce symptôme, il y a quelques minutes. Mon corps dégringole et les voyants vont bientôt s'allumer au rouge. Nous le savons tous les deux.

— C'est important Adel, insisté-je pour m'occuper l'esprit. Nous devons comprendre s'il y a une corrélation entre le virus et la rapidité de l'évolution de son état.

— Vous voulez dire de l'aggravation de son état.

Je ne dis rien. Il n'y a aucune parole qui se revendiquerait réconfortante à l'heure actuelle. Sa situation est horrible et j'aimerais ne pas avoir à lui faire penser à lui. Pas encore. Mais nous sommes en crise sanitaire et la vie de dizaines de personnes, peut-être bien plus, sont en jeu.

— Il... Vous savez, ce n'était pas un mauvais gars. C'était un super ambulancier et je n'ai jamais trouvé un binôme en lequel j'avais plus confiance que lui. Il était là pour nous, prenait nos gardes si on avait un problème, nettoyait l'entrepôt... il...

— Sa mémoire ne sera pas entachée.

Ma promesse semble étonner Dean, mais je sais à quel point l'hygiène de vie d'un ambulancier est importante. Beaucoup de facteurs peuvent les mettre à l'arrêt. Des soucis de santé parfois bénins peuvent être jugés dangereux pour la vie d'autrui. À la façon dont elle parle de lui, je comprends qu'elle souhaite simplement le protéger. Lui, sa famille et sa pension à venir.

— Rick avait un fils, je crois.

Elle ne dit rien et je continue.

— Une épouse également.

— Marianne est quelqu'un de bien, décrète-t-elle.

— Mais ils divorçaient, n'est-ce pas ?

Les infirmières sont très bavardes dans les services et adorent colporter les nouvelles rumeurs venues des urgences. J'ai entendu celle-ci il y a quelques semaines et je n'y avais pas prêté attention jusqu'à aujourd'hui.

— Ils avaient de très bonnes relations, mais ils n'étaient plus amoureux. Ils faisaient les choses bien pour Joy, sa fille unique.

Aïe, je m'étais trompée sur le sexe de l'enfant. Cela m'apprendra à ne pas être attentive aux conversations de couloir.

— N'ayez aucune crainte, Marianne et Joy auront leur pension. Il n'a rien fait de mal.

En disant cela, je croise les doigts par réflexe. J'espère vraiment ne pas me tromper et que son mensonge n'ait pas des répercussions trop importantes.

— Il est allé chez le médecin il y a quelques semaines, commence-t-elle. Il ne se sentait pas toujours bien en portant les brancards. Essoufflement et récemment vertiges. Il avait peur de devoir abandonner son poste et le docteur l'a rassuré. Il n'a trouvé qu'un petit souffle et de légères palpitations. Rien d'étonnant au vu du stress du divorce et du changement de vie selon le toubib. Mais j'avais l'impression que son état empirait. Rick avait beau être un homme génial, il n'y avait pas plus têtu. Il a préféré continuer à croire ce médecin.

Je me retourne vers Dean. Le cœur. Voilà ce qui était défaillant chez Rick et qui ne l'est pas encore chez nous.

— Ils doivent faire des électrocardiogrammes aux patients ! La cardiologie doit être bouclée.

Je chuchote ça à Dean qui acquiesce et se lève. Une fois près de la porte, il s'immobilise et me regarde. Je vois bien qu'il ne veut pas me laisser seule encore une fois, mais il n'a pas le choix. Comment peut-il faire passer mon état de santé avant le reste ? J'ai peut-être eu des différends avec lui dernièrement, mais je n'ai jamais connu un homme aussi respectable dans son travail. Il souhaite plus que tout être utile. Il veut aider son prochain et il ne pourrait l'omettre à mes dépens.

— N'oublie pas qui tu es.

Il me fixe étrangement et j'ai l'impression que ce n'est pas à moi qu'il pense quand je dis ça. Une pointe de jalousie me tord l'estomac et je m'en étonne.

Cet homme est en train de changer quelque chose en moi et j'ai peur.

Chapitre 12
Dean

Passé

— Dean, baisse cette arme. Ce n'est pas toi... souffle-t-elle en s'approchant de moi.

Je ne bouge pas. Je viens de tirer sur un individu qui tentait de m'assassiner et Sy a tué devant moi un homme et... Je fixe le bois, où est le mec à la hachette ?

— Mark, il est où le gars ?

Mon ami semble hésiter à répondre devant Jenny et mâche ses mots.

— Sy a... on a réglé le problème.

J'acquiesce, tant mieux.

— D'autres ?

Sy comprend de quoi je veux parler et décline. Bien, si nous sommes enfin en sécurité, je devrais pouvoir lâcher larme. Pourtant, j'avoue que cela ne m'enchante pas. À chaque fois que je suis désarmé, quelqu'un arrive et m'attaque.

— Tu peux me dire ce qui se passe ici ? s'agace-t-elle.

Je la fixe. Au lieu de la peur que j'ai vue chez elle, c'est de la colère maintenant qui se lit dans ses yeux.

— Je vais t'expliquer... Mais on a des trucs à faire avant, avoué-je en me décalant pour qu'elle aperçoive le corps de Josh.

Elle pousse un hurlement et Peter est plus rapide que moi en mettant un mouchoir sur sa bouche. Je ne comprends pas tout de suite ce qu'il est en train de faire avant de la voir s'évanouir.

— La drogue, c'est mon truc, lâche-t-il pour toute explication.

— Elle va bien, m'inquiété-je en m'avançant vers lui.

— Un petit somme de quelques heures, c'est tout. Histoire de... nettoyer avant.

J'acquiesce. Je suis contre ce genre de technique normalement, mais je n'ai pas envie de voir dans ses yeux les derniers événements. Elle ne pourra jamais m'aimer si elle apprend que j'ai tué de sang-froid un être vivant. C'est impossible, je la connais.

— Donne ton arme, me conseille Mark que je n'ai pas entendu s'approcher.

J'obtempère, loin d'être un as de la gâchette.

— Tu devrais la monter dans l'une des chambres, avant qu'on commence à...

— Nettoyer, coupé-je à Peter d'un petit sourire compréhensif.

Tout le monde acquiesce et j'inspire. Comment en suis-je arrivé à cet instant ? Moi, le gars un peu perdu qui voulait juste devenir pompier et sauver des vies ? Celui qui désirait plus que tout être le mari parfait pour Jenny ? Ce même type qui vient d'abattre un homme dans l'eau et s'apprête à camoufler les corps sans état d'âme. La vie est si particulière, elle tourne dans un sens, nous embarquant dans l'inimaginable. Je prends ma copine dans les bras et soulève difficilement son poids mort. Une fois à l'intérieur de la maison, je m'autorise à verser les larmes qui menaçaient de tomber depuis mon tir. L'enfant en moi, qui rêvait de sauver des vies vient de se consumer et j'ai du mal à ne pas partir en courant.

— Je suis désolé, soufflé-je sur les cheveux de Jenny. Je ne sais pas où cela nous emmènera Jenn'… Mais crois-moi, on y arrivera.

Je la pose sur le lit en lui promettant l'impossible. Je ne peux pas lui assurer qu'on sortira indemne de cette histoire. Je suis terrifié et j'ai peur.

Laissant Jenny endormie, je rejoins le reste du groupe pour finir le… travail. Ce mot me fait grimacer même s'il n'est que dans mon esprit. Peter est déjà attelé à rendre tous les hommes nus comme des vers et Mark n'est plus là. Sy qui regarde l'identité de nos victimes ne bronche pas à mon arrivée.

— Je peux aider ?

— Fais des trous. Petits trous espacés de 20 mètres, dit Peter sans relever les yeux de sa tâche.

Cela paraît dans mes cordes et je vois qu'il y a une pelle qui m'attend sur le côté. Je la prends et m'en vais choisir le lieu de ma première fosse. La terre est assez meuble et je suis content. Néanmoins, pour les deux premiers trous, je tombe sur des racines centenaires qui n'ont pas l'intention de céder à ma petite pelle. Je suis obligé de m'adapter et quand Sy vient voir le résultat, il fait face à des demi-lunes au lieu des traditionnels rectangles.

— Joli, rit-il. Bon, faut transporter les corps maintenant.

Je grimace, mais lâche tout de même ma pelle pour le faire. Je n'ai aucune envie de faire durer le plaisir et que Jenny tombe sur l'un des cadavres à son réveil.

— Je prends Josh, dis-je en constatant que les deux autres hommes sont bien plus imposants.

Ils ne bronchent pas et nous les installons dans les trois trous sans un mot. Je m'apprête à commencer à reboucher quand Sy m'arrête.

— On n'enterre pas petit. Mark revient avec plusieurs produits. La suite je gère, mais crois-moi, il ne restera plus grand-chose d'eux.

Je déglutis et lâche ma pelle, écœuré et à la fois soulagé que dans quelque temps il n'y aura plus aucune preuve. La voiture du colosse émet de la poussière et nous nous retournons vers lui.

— Allez à l'intérieur, ça pue souvent les premières minutes.

Peter n'en demande pas plus et s'éclipse. Je trouve sage de le suivre sans poser de questions et je remonte pour veiller sur Jenny, mais elle est encore endormie.

— T'inquiète, elle va bien, souffle Peter.

— Pour le moment, dis-je en sortant de la chambre pour le rejoindre sur le palier. Je ferme la porte derrière moi pour la laisser se reposer et parler avec cet individu que je ne connais quasiment pas.

— Il lui fera du mal s'il sait.

— James sait toujours tout, petit. C'est le principe de sa puissance.

Je frissonne et le regarde. À la réflexion, cet homme doit avoir au moins une dizaine d'années de plus que moi. Ses rides autour des yeux me font penser qu'il a dû vivre des choses difficiles. Depuis sa rencontre avec James ou avant, cela est un mystère. En tout cas, il a l'air de bien le connaître. Trop pour risquer sa vie pour mes beaux yeux.

— Pourquoi tu fais ça ?

— Si James souhaite tuer Mark en faisant toute une histoire autour... C'est qu'il sait que les rumeurs sont vraies.

— Lesquelles ?

Peter secoue la tête et s'éloigne vers l'autre chambre qui a un balcon. Une fois dessus, il fixe les hommes au loin en train de renverser des bidons dans les trous.

— On parle du FBI, d'autres de la CIA... À vrai dire, je me fiche de leur identité, mais ils essayaient d'entrer en contact avec un proche de James depuis un moment. À ce qu'il paraît, Mark travaille avec eux, pour le faire tomber. Je ne suis pas sûr de ça... Tout du moins, je ne l'étais pas jusqu'à aujourd'hui. Si je reste dans le groupe, c'est que je n'ai pas le choix. Mais si Mark nous offre une autre vie, je suis prêt à essayer. Il le faut.

J'acquiesce en fixant mon ami au loin. C'est aussi dangereux que courageux de dénoncer James et je comprends maintenant pourquoi il souhaite le voir mort.

— Ils arrivent, glisse Peter, descendons.

Je le suis à contrecœur, rêvant d'un sommeil profond loin de toute cette histoire.

— Bon, ça, c'est fait, déclare Sy en se frottant les mains tandis que nous les rejoignons sur la terrasse. Mark me tend une bière que j'accepte et s'assoit comme s'il venait de rentrer d'une journée de travail.

Je craque mon cou et essaie de ne pas montrer mon soulagement comme le font les trois autres. Il n'y a rien de bien à faire ce qu'on vient de faire.

— À la prochaine étape, commence à trinquer Mark.

Nous l'imitons sans savoir de quoi il parle, ce qu'il s'empresse d'éclaircir :

— À ma mort.

Chapitre 13
Julia

Présent

Après une énième quinte de toux, je soupire et articule péniblement quelque chose. Dean redresse la tête et tente de décrypter ce que je dis.

— Si je meurs… Je…

— Tais-toi, claque-t-il. Je n'ai pas envie d'entendre des conneries, là tout de suite, souffle-t-il en se frottant le visage.

Je ris et cela engage une nouvelle crise. Le sang coule le long de ma bouche et je l'essuie, déterminée à terminer ce que j'ai à dire.

— Je voulais m'excuser, recommencé-je. Depuis le mariage, je…

Ma voix s'arrête quand ma gorge se serre et je suis obligée de me plier en deux pour ne pas étouffer à cause du sang qui bloque la trachée. Dean s'approche et je ne lui parle pas, trop faible. Il me maintient les épaules pour que je ne m'écrase pas au sol et ne dise rien. La crise se calme et je me redresse. Il s'éloigne et m'interroge :

— Tu sais ce que je ferais si tu n'étais pas mariée à… James ?

La question m'étonne, mais au point où nous en sommes, je suis prête à l'écouter pour oublier la douleur dans ma poitrine. Puis, j'ai abordé le sujet en m'excusant.

Il a le droit de s'exprimer. C'est ce que j'ai toujours voulu qu'il fasse.

— Non ?

— Déjà, je t'obligerais à dormir longtemps chaque matin pour que je puisse te regarder, les yeux clos avec ton air de bonheur simple.

Je rougis.

— Ensuite, j'embrasserais ton front pour te préciser qu'il faut se bouger les fesses, car une garde de 48 h aux urgences t'attend.

Je ris. Très glamour, dis donc !

— Je t'avoue qu'il y aurait mieux comme motivation pour plein de gens, mais je sais que tu ouvrirais les yeux tout de suite pour me dire qu'il fallait me réveiller avant. Tu serais déjà en train de penser à tes patients qui t'attendent, tu courrais sous la douche et je ne pourrais m'empêcher d'avoir un sourire béat face à cette détermination et cette passion qui émanent de toi à chaque fois que tu enfiles ta blouse blanche.

Je baisse les yeux pour éviter de lui montrer le bonheur que cette possibilité me procure.

— J'aurais envie de te suivre sous la douche et je ne tiendrais sûrement pas longtemps avant de t'embrasser tendrement sous l'eau, avoue-t-il. Tu me crierais certainement que je suis en train de te mettre en retard et je dirais que toi aussi tu es responsable de mon retard.

— Enfin, c'est toi qui viens sous la douche, noté-je.

Il sourit de me voir imaginer la scène.

— C'est vrai. Nous aurions deux voitures parce que madame veut rester libre et je ne trouve pas ça mal, même si pour la planète, c'est nul.

Je hausse les épaules, débarquer avec lui ne serait peut-être pas trop gênant. Je secoue la tête un peu perplexe sur ma capacité à imaginer cette vie parallèle avec autant de facilité.

— Et j'arriverais avant toi, assuré-je.

— Jamais, réplique-t-il choqué.

Nous rigolons ensemble avant qu'il ne continue son histoire.

— Tu serais l'une des meilleures médecins et tout le monde s'interrogerait sur la raison qui m'empêche de ne pas t'avoir encore mis la bague au doigt. Sauf que voilà, madame n'a pas envie d'être comme les autres. Elle veut une demande romantique, au bon moment, et cela ferait six mois que mon esprit se triture pour trouver l'endroit, les mots et le temps pour le faire.

Je secoue la tête :

— Je ne suis pas exigeante. Tu aurais dû me demander dans la cafétéria de l'hôpital avec… des dessins de l'aile pédiatrique, imaginé-je. Tu sais, des lettres accolées et tenues par le personnel soignant…

— Mince. Tu aurais dû me dire ça avant, ça m'aurait évité des nuits d'insomnies, réplique-t-il ironique.

— Je suis mystérieuse, que veux-tu…

— Bon, disons que j'ai été assez intelligent pour trouver une solution et que tu répondes oui. Je suis heureux et je vais chercher ta mère sur la côte Est pour qu'elle profite de la belle nouvelle avec toi.

Je souris, cela serait plaisant oui.

— Elle te détesterait, lâché-je.

— Oui. Trop parfait et prévenant pour être vrai, rit-il.

J'écarquille les yeux.

— Exactement, m'exclamé-je.

Il fait une petite révérence pour montrer à quel point il est fort et continue :

— Tu rentrerais le soir après moi, parce que faire le tour de tes patients c'est la base, insiste-t-il.

— C'est faux. Tu serais le dernier puisqu'il n'est jamais trop tard pour quitter l'hôpital de ton côté.

— Sauf si j'ai la femme idéale chez moi, appuie-t-il.

Cela me laisse sans argument et je ne dis rien.

— Donc, tu rentrerais et j'aurais préparé des petits plats à déguster.

Je souris.

— Effectivement, ça pourrait être romantique, souligné-je.

— Sauf si les canapés sont immangeables, note-t-il.

— Pizza !

Ma solution miracle semble lui plaire et son récit continue :

— Nous serions dans deux plaids, un film et...

— Quoi ?

Sa voix s'est arrêtée subitement.

— Nous serions heureux, ensemble, souffle-t-il.

Pour détourner sa morosité immédiate, je le taquine :

— Tu ne parles pas de relations physiques dans ton imagination ? Pour un homme, c'est étrange.

Il s'étrangle à moitié avant de me fixer.

— Tu veux savoir comment je nous visualise dans... vraiment ?

Perplexe, il me contemple et je lui offre un clin d'œil taquin.

— Tu veux me faire croire que tu peux concevoir une vie entière avec moi, mais pas un moment intime ?

À vrai dire, j'ai besoin d'être sûre que je ne suis pas la seule à songer à ça, sinon il faut vraiment que je me fasse soigner.

— Je veux dire… Tu ne te dis pas que nous aurions pu passer de bons moments ? éludé-je.

— Développe…

Il reste sur la défensive et je ne peux pas lui en vouloir, après tout je suis quand même celle qui est mariée. Fantasmer sur moi ne serait pas correct.

— Je ne sais pas… On va dire. As-tu déjà… fait des rêves érotiques en nous imaginant nous deux ?

Je suis rouge comme une pivoine et cela n'a rien à voir avec la fièvre.

— Je ne suis pas sûre que ça serait bien de rêver de ça. Et puis, on n'est peut-être pas compatible, souligne-t-il.

Je suis refroidie par sa réponse et tente de nous défendre maladroitement.

— Au contraire, claqué-je avant de regretter mes paroles.

— Comment peux-tu savoir ça ?

Je me mords la lèvre et lâche la bombe :

— Je n'arrête pas de… rêver de toi à cause de la fièvre.

— Ah oui ?

Je baisse les yeux et renverse dans ma gêne le flacon de Bétadine qui s'écoule partout autour de nous. Je jure de ma maladresse et m'avance pour éponger le liquide.

J'ai les joues en feu de lui avoir avoué ça.

— Pardon… je vais…

— Arrête, dit-il en posant la main sur la mienne.

Je l'observe nettoyer et j'examine les tatouages qui s'étendent le long de son cou. Je n'avais jamais fait attention qu'il était autant marqué d'encre. Avais-je simplement peur de trop le regarder ?

— Désolée de t'obliger à rattraper mes conneries, soufflé-je, mal à l'aise.

Il relève les yeux vers moi et me fixe encore avec ce drôle d'air qui ne le quitte pas depuis son arrivée. Il me contemple de la même manière que le journal télévisé de ce matin. Absent, triste et différent.

— Ne t'inquiète pas, articule-t-il du bout des lèvres, j'ai nettoyé bien pire.

Son regard s'échappe encore et j'inspire, prenant mon mal en patience. Si un jour, il souhaite me parler de ça, il le fera. Enfin, j'espère.

Chapitre 14
Dean

Passé

— Bon, qui doit me descendre ?

Nous nous regardons les uns, les autres, très mal à l'aise face à sa manière directe de poser la question. Sy incline la tête vers moi avant de fixer Mark.

— Moi, dit-il.

Je sursaute et le dévisage sans comprendre. Il veut me protéger et je ne saisis pas pourquoi.

— Ah oui ? Je n'y crois pas, rit Mark. Tu m'aurais abattu comme un chien dès la première occasion, sinon.

Je souris. Voilà où nous en sommes. À penser que nous entretuer serait aussi simple que tirer la chasse d'eau de toute cette merde.

— Bon, Dean, tu craches le morceau, souffle-t-il en se frottant le visage.

Je bégaye quelque chose d'incompréhensible et Peter manque de s'étouffer avec sa propre salive.

— Comment a-t-il pu croire que tu arriverais à tuer ce colosse ?

— Parce que ce colosse comme tu dis, ne fait confiance qu'à ce petit. Si l'un de vous m'avait approché, il aurait terminé dans le lac en une fraction de seconde. James savait que je ne tirerais pas sur Dean. Tout du moins, pas en premier.

Je déglutis.

— Je ne te tuerais pas.

— Il va falloir pourtant...

— Quoi ? s'étonne Sy. Tu veux mourir maintenant ?

— Non. Ou peut-être que oui. Peu importe. Ce qu'il faut, c'est que notre cher James pense avec certitude que tu m'as tué.

— Comment ?

— En le faisant, ironise Peter.

— Exactement, appuie Mark.

Je fronce les sourcils et mes mains commencent à trembler.

— Écoute, tu vas devoir faire comme si tu voulais m'abattre. Tu vises mal et cela m'étonnerait que tu arrives à toucher mon cœur si nous sommes assez loin. Je tombe dans l'eau... Sy est chargé de nettoyer, il déclare m'avoir camouflé et qu'on sera incapable de m'identifier et voilà le travail.

— Cela a l'air simple et pourtant j'ai du mal à croire que cela va marcher, marmonne celui-ci sceptique.

Je le suis autant que lui. Lui tirer dessus sans savoir viser est inconscient. Si je touchais par miracle un organe vital ? Si je n'étais pas si mauvais tireur qu'il semble le penser ?

— On ne peut pas jouer ta vie à la roulette russe, m'exclamé-je.

— Justement si. James n'imaginera jamais que je puisse parier sur ton tir approximatif. C'est le meilleur moyen de réussir.

— Faudra qu'il vomisse juste après, note Peter à deux doigts de rire une nouvelle fois. Il aime bien faire ça à chaque fois qu'il y a de l'action.

Je le fusille du regard et mon égo en prend un coup quand les deux autres partagent son point de vue.

— Oui, réplique Sy. Tu dois paraître bouleversé d'avoir osé lui tirer dessus.

— Je ne tire sur personne...

Ils secouent tous la tête en même temps quand j'insiste :

— Je ne vais tuer personne !

Je me suis levé et tout d'un coup un silence s'abat sur le groupe. Peter fixe un point derrière moi et je pivote pour regarder ce qui paraît l'hypnotiser.

— Ça, c'est certain, claque Jenny visiblement énervée.

Dans ses mains, l'un des fusils au canon coupé que j'ai pris du 4x4. Je déglutis, elle semble savoir s'en servir et surtout avoir envie de le faire.

— Va falloir m'expliquer maintenant.

Chapitre 15
Julia

Présent

— Adel n'a pas l'air bien, soupire-t-il en tendant l'oreille.

Je l'entends également tousser de l'autre côté de la porte.

— Tu devrais aller la voir.

— Elle ne veut personne dans la pièce, lui rappelé-je.

— C'est idiot...

Une quinte de toux me prend et inquiète tout de suite Dean.

— Je vais bien, le rassuré-je.

— Adel dit la même chose, souligne-t-il.

Je ferme les yeux pour me concentrer sur la prochaine toux qui risque d'être bien plus douloureuse quand l'ambulancière reprend de plus belle.

— Il lui faut un médecin, insisté-je.

— Julia, tu ne bouges pas, m'ordonne Dean en me voyant essayer de me redresser sans succès.

Je retombe sur le sol comme une poupée de chiffon.

— Alors, vas-y !

Je m'agace et cela accélère la nouvelle quinte de toux qui me fait presque convulser au vu de sa force. Dean s'approche avant de voir mes mains lui interdire de me toucher.

— Ça va aller, je vais...

— Rien du tout. Si elle n'est pas soignée, je ne le serai pas non plus, claqué-je.

— Je dois te le dire comment ? C'est elle qui ne veut pas !

Je ferme les yeux et ignore le reste de ses brimades contre mon entêtement à refuser d'être soignée si une des ambulancières que je connais bien ne l'est pas, une sorte de solidarité dans la souffrance.

— Dis-lui que Rick aurait souhaité la voir vivre encore très longtemps...

Dean ne réagit pas et je lui tape dans le pied avec mon talon.

— Je sais que c'était son collègue, mais je ne...

— Elle l'aimait. C'est pour ça qu'elle se laisse mourir.

Il paraît étonné de l'apprendre et je comprends pourquoi les hommes et les femmes ne peuvent s'entendre indéfiniment. Leur jeu de séduction dure depuis des mois et nous avons parié avec les infirmières qu'avant la fin de l'année, ils auraient craqué. Travailler chaque jour, dans des situations stressantes et ne pas tomber amoureux, c'était impossible. Le médical a ce charme incroyable et rien ne lui résiste.

— Depuis quand ?

— Dis-lui, claqué-je, lasse de perdre du temps bêtement.

Il hausse les épaules, s'étire le cou et glisse jusqu'à la porte latérale, toujours fermée, mais qui communique entre les deux salles de repos, lieux de quarantaine pour elle et nous.

— Adel ?

Comme réponse, il n'obtient qu'une faible toux. Il m'interroge du regard, un peu perdu sur la marche à suivre. J'articule, IN.S.I.S.T.E. Dean hoche la tête et relance l'ambulancière. Je l'imagine seule et malade. Sûrement désemparée et le cœur brisé.

— Je suis désolé Adel. Pour Rick et vos collègues. Je sais que ce n'est pas facile de rester enfermée ici en vous disant que vous pourriez être utile dehors si vous n'étiez pas infectée. Je comprends que cela vous rend malade de penser que vos soins alourdiront la charge des médecins présents. Effectivement, c'est le cas. Mais sachez que nous avons pris la même décision que vous ce matin. Nous lever pour sauver des vies. Qu'importe l'âge, le sexe, la pathologie, la valeur morale du patient ou le coût des traitements. Votre métier et le nôtre consistent à aider chaque personne. Rick avait signé pour ça. Il a dévoué sa vie à secourir les êtres humains dans le besoin. Il se battait pour obtenir des soins équitables pour tout le monde et c'est ce qu'il voudrait pour vous aussi aujourd'hui. Adel, ne soyez pas l'échec de Rick. Je sais que vous avez l'impression d'être une femme forte et vous l'êtes croyez-moi. Mais pas de cette façon. Vous allez nous le prouver en rendant fier Rick, en continuant à vous battre pour toutes ces personnes en danger dehors. Si vous n'êtes plus là, les urgences ne servent plus à rien. Nous avons besoin de vous plus que jamais Adel. Ne nous abandonnez pas.

Je reste bouche bée face au beau discours de Dean, mais très vite l'ambulancière réagit et elle n'a pas l'air d'être aussi facilement influençable que moi.

— Savez-vous ce que cela fait de perdre quelqu'un ? Un proche... presque la seule personne pour qui vous aviez envie de vous lever le matin ?

Il déglutit avant de répondre.

— Oui Adel, je sais. Je n'ai par contre jamais assisté au départ d'un être aimé devant mes yeux. Le jour où j'ai perdu une femme très chère à mon cœur, je n'étais pas à ses côtés. Je n'ai pas pu lui tenir la main ou m'assurer qu'elle savait que j'étais là, quoiqu'il arrive. Parfois, j'ai peur qu'elle ait douté de mon amour pendant ses dernières minutes. C'est souvent cela qui me réveille la nuit, en sueur. Puis je me répète que de toute façon, je n'aurai jamais de réponse. Je voudrais vraiment vous dire que vous irez mieux rapidement. Ça serait la meilleure chose à dire, mais je mentirais. Pourtant, si j'arrivais à vous convaincre de l'inverse, Julia, l'interne de troisième année qui est devant moi accepterait enfin de se faire soigner. Sauf qu'elle est butée et têtue. Elle n'a pas été dans les Marines et malgré cela, elle ne se voit pas vous abandonner dans le combat. Selon elle, c'est vous et elle, ou personne. Je ne dis pas que je suis pour ou contre, je vous demande juste d'accepter notre aide parce que cela la soignera aussi en quelque sorte. Bien entendu, la vie de demain sera dure et celle d'après également. Mais un jour, vous vous lèverez et celle fera bien moins mal. Vous continuerez à avoir des cauchemars, mais ils ne seront plus les seuls à vous hanter. Des bons souvenirs referont surface et vous n'aurez plus l'impression de survivre. Adel... je sais que c'est effrayant. Le chemin sera chaotique, mais sachez une chose, nous serons là. La Station 21 également. J'y ai beaucoup d'amis et je connais leurs valeurs. Vos valeurs. Ne lâchez pas même si le tunnel est long et froid. Rick n'aurait pas toléré vous voir faire demi-tour maintenant. C'est trop tard. Vous allez devoir vivre et croyez-moi que si vous ne souhaitez pas être soignée dans l'heure qui arrive, je le ferais de force parce qu'il est hors de question pour moi de perdre encore quelqu'un aujourd'hui.

Il est en train de s'énerver et je doute que cela nous aide. Je m'apprête à le lui faire remarquer quand la toux d'Adel s'intensifie.

— D'accord...

Sa voix est rauque, mais assez nette pour que je l'entende. Dean ferme le poing et le descend vers le bas, signe de satisfaction. Je ne le montre pas, mais je suis soulagée. Je n'avais pas vraiment l'intention de mourir aujourd'hui. Néanmoins, laisser Adel sur le carreau n'était pas non plus envisageable.

— Juste cinq minutes, souffle-t-elle.

— Bien sûr, murmure Dean en me fixant.

J'appuie ma tête contre le mur, impatiente d'en finir avec cette quarantaine et la fièvre.

— Je peux te poser une question ?

J'ai besoin de m'occuper l'esprit et il acquiesce silencieusement :

— Faut que tu m'expliques, Dean... Tu as l'air si énervé contre James. Il ne veut rien me dire et...

— C'est compliqué, Julia, souffle-t-il.

Comme d'habitude, il se défile.

— J'en ai marre d'être la seule à ne pas être au courant. Tara ne m'adresse quasiment plus la parole et disparaît à l'autre bout du monde avec un parfait inconnu. James me fait jurer de ne plus te parler... Je rêve de toi sans cesse et je te déteste à la fois.

— C'est compliqué, répète-t-il.

— Non ! répliqué-je. Si tu tenais à moi, tu me dirais les choses. On ne fonctionne pas aux mensonges avec nos proches. Cela ne marche jamais. Cela crée juste des dégâts irréversibles !

Il ne dit rien et baisse les yeux face à mon ton agacé.

— On provoque parfois plus de mal en révélant la vérité, crois-moi.

Je secoue la tête et essaie de me redresser.

— Qu'est-ce que tu fais ?

Il est énervé et m'aide à me lever sans pour autant avoir l'air d'accord avec cette idée. Je l'ignore et dégage mon bras pour qu'il me lâche.

— Si tu ne veux pas être honnête, je sors.

— Pas dans ton état, tonne-t-il.

— Alors j'appelle James pour lui dire que je viens de passer des heures enfermées avec toi ? Et que j'ai besoin de lui parler parce que j'ai appris des choses plutôt... croustillantes.

Je bluffe, mais lui n'en sait rien. Dean semble comprendre ma stratégie et grimace avant d'opiner.

— Je veux tout savoir, insisté-je.

— Tu auras ce que j'accepte de te dire.

Il n'a pas l'air prêt à négocier beaucoup et je suis déjà contente d'avoir gagné un peu d'informations. C'est mieux que de ne rien savoir. Je me rassois. Il se pose en face et tapote la porte de la salle de bain.

— Adel ?

Aucune réponse. J'ai envie d'ignorer ce silence pesant pour entendre ce qu'il a à me dire, mais je suis médecin avant tout, alors je prends sur moi et rampe jusqu'à la porte.

— Adel ?

Aucune réaction de mon côté non plus.

— Et merde... juré-je.

Dean se relève et s'apprête à actionner la poignée de la salle de bain quand la porte menant au couloir s'ouvre. Je regarde l'infirmière s'avancer, un sourire rayonnant qui se voit dans les yeux.

— On a le traitement. Nous l'avons déjà donné aux autres, dit-elle. Leur état s'améliore rapidement.

On aurait dit que mon beau médecin a entendu un miracle et il se met à pousser des cris victorieux. C'est touchant de constater qu'il n'allait pas me laisser mourir seule et que ma future guérison semble le rendre heureux.

— Adel est bloquée à l'intérieur, dis-je.

Le visage de l'infirmière se ferme et hausse les épaules.

— Elle est sûrement déjà morte, souffle-t-elle.

Son diagnostic me paraît précipité et je comprends qu'ils veulent en priorité m'administrer l'antidote.

— Je ne me fais soigner que si elle est devant moi et en bonne santé, répliqué-je avant d'avoir un nouveau vertige.

— Tu n'es pas sérieuse, s'agace Dean en me prenant par les épaules. Julia ? Tu m'entends.

Je sens que je pars encore dans un rêve et je n'arrive qu'à murmurer.

— Promets-moi de la sauver…

Les lumières disparaissent et quand je rouvre les yeux, il fait très sombre derrière la vitre collée à mon épaule. Je suis dans un bar qui m'est familier. J'entends quelque chose à travers le brouhaha de la salle pleine. Je ferme les yeux pour me concentrer.

Flash info, une explosion dans une usine chimique, aucun mort pour le moment même si des sources proches de la police nous ont confirmé le témoignage d'un homme concernant un potentiel cambriolage en cours.

Je lève la tête vers le poste de télévision et regarde les images qui défilent. Une explosion, oui je me souviens. C'était juste après ma remise de diplôme. On en avait entendu parler longtemps dans le coin. Apparemment, il y aurait eu des échanges de tirs et après, une déflagration.

Ils n'ont jamais identifié le voleur présumé. Ils ont classé l'enquête comme accident industriel.

Je me craque le cou et espère avoir ma commande rapidement. Si je ne veux pas être en retard sur le programme de première année, j'ai intérêt à potasser tout l'été mes cours de médecine. Je souris, oui c'est réel, je vais devenir docteur.

La serveuse arrive et me tend mon sac en carton.

— Vous venez souvent ici ? me demande-t-elle.

— Oui, dis-je en regardant son badge.

— Jenny… se présente-t-elle.

— Ah oui ? C'est marqué Brendy.

— Oh. C'est une blague entre nous, articule-t-elle en devenant toute gênée. Désolée, je dois y aller. C'était sympa.

Elle disparaît aussi rapidement qu'elle est venue et je me gronde silencieusement. Pourquoi dois-je toujours chercher la petite bête chez tout le monde ? Qu'importe si elle ne voulait pas me dire son vrai prénom, ce n'est pas grave. J'aurais dû dire, enchantée. Ce n'est pas si compliqué, non ?

En tout cas, elle avait l'air gentille et elle est plutôt dans le même style que moi. La prochaine fois que je la vois, je lui demande si on pourrait sortir un de ces soirs, je n'ai pas encore d'amies ici et j'ai peur d'avoir du mal à m'en faire, comme toujours.

Je sors et il pleut. Cela faisait bien longtemps que je n'avais pas vu un tel déluge. Il a commencé à pleuvoir vers 12 h et depuis, cela ne s'arrête plus.

Difficile de profiter de l'air frais avec un temps aussi moche, soupiré-je avant d'avoir mal dans la poitrine.

Mes jambes tremblent et je m'écroule. Les couleurs changent et je me retrouve allongée sur le sol blanc.

— La pluie… murmuré-je en me sentant assoiffée.

— Respire Julia, on t'a administré le médicament. Et ce n'est pas de la pluie, souffle Dean au-dessus de moi. Je viens juste de te mouiller le visage avec de l'eau propre.

Je cligne des yeux et comprends ce qu'il veut dire. Adel est sortie. Il a réussi. Je referme les paupières et cette fois-ci, aucun rêve ni aucun souvenir ne vient m'embêter.

Chapitre 16
Dean

Passé

Il vient de se mettre à pleuvoir. Les douze coups de midi sonnent et je dois me décider. Nous sommes à quarante minutes de la villa et les gars ont trouvé que l'endroit était parfait. Mark a fait semblant de me rejoindre à un rendez-vous et nous voilà en face à face. Je sais ce que j'ai à faire. Jenny, Peter, Sy et Mark aussi. Le plan est posé et en grande partie par la femme que j'aime qui s'est avérée fin stratège. Elle gère bien mieux que moi la situation et m'a dit que parfois, on ne peut pas se défendre avec la paix. Elle n'a pas tort, mais je n'ai pas envie de devenir un meurtrier. C'est hors de question.

— Alors ? s'agace Mark en me fixant.

L'arme à la main, je réfléchis. Il doit bien avoir une autre solution. Sy est caché quelque part. Peter doit m'observer dans ses jumelles et Jenny nous attend à la maison, mais j'ai l'impression qu'il y a quelque chose qui cloche. Une intuition qui m'ordonne de ne pas le faire.

— Je ne peux pas Mark, avoué-je en balançant l'arme à ses pieds.

— Fais-le, claque-t-il.

— Non.

— Il la supprimera.

— Et je l'assassinerai, hurlé-je. Mais là, ce n'est pas la solution de tuer quelqu'un !

— Quand c'est pour sauver une innocente, si !

— Je...

— Dean, je sais que tu es un brave gars et tu te relèveras de ma mort. Pas de la sienne.

Je fixe mon ami sans rien dire. Comment peut-il me demander de le tuer pour une fille qu'il connaît à peine ? Bien sûr que j'ai envie de sauver Jenny. Elle n'est pas comme nous et mérite tellement mieux. Sauf que le problème n'est pas de ce que je veux, mais ce que je peux faire. Je suis incapable d'abattre de sang-froid Mark. J'ai beau essayer de me convaincre que c'est possible, je n'y arriverai pas.

— Ramasse au moins le pistolet, dit-il.

Je le fais tandis qu'il recule vers le renfort du pont.

— Tends l'arme devant toi s'il te plait et quand je te dis top tu tires dans la pierre.

Mark est implorant et je le fais, soulagé de ne pas devoir le viser lui. Il monte ses bras en l'air et me fixe.

— Tu es un brave gars, Dean. N'oublie jamais que rien de ce qui est arrivé et va se produire n'est de ta faute, d'accord ?

Il me dit ça comme si c'était de véritables adieux et je vois malgré moi son poing se refermer. Je comprends trop tard la signification du geste et la balle fuse. Elle me frôle le bras pour se loger dans son corps. Peter a dû se placer non loin pour tirer en cas de soucis. Ils savaient tous que je n'aurais pas le courage de le descendre. Je sors un hoquet en voyant le sang s'échapper du trou de l'impact, puis son corps qui tombe en arrière. Mes mains tremblent et lâchent l'arme au sol. Je me précipite vers le précipice, mais le corps de Mark n'est déjà plus visible, englouti par l'eau.

Je serre la mâchoire et essaie de me convaincre qu'il est encore en vie. La bile me monte et je vomis le repas du matin contre la pierre. Je sens le rire ironique de Peter non loin, mais il reste tapi dans la pénombre. Il est possible qu'on nous observe et je ne veux pas anéantir le sacrifice de Mark en faisant tout foirer. Je reprends mes esprits et récupère l'arme au sol. Ils m'ont expliqué que je devais m'en débarrasser, même si elle n'a pas servi pour le coup.

Je nettoie la crosse puis le reste consciencieusement avec un flacon d'alcool trouvé dans le chalet.

Je suis méticuleux et le frotte dans la terre. Si quelqu'un me regarde, aucune chance qu'il ne prenne pas mon attitude comme réelle. Sauf qu'au lieu de jeter le pistolet, je l'échange contre une branche de la même taille pour faire le boulot. De loin, il ne verra qu'une masse noire et ne saura pas que l'arme s'est réfugiée dans ma ceinture recouverte de mon t-shirt. Je ne sais pas ce qui m'attend, mais je préfère prendre des précautions.

Une fois cela achevé, je pars vers mon véhicule pour aller chercher Jenny et nous enfuir. Le plan a l'air de fonctionner malgré mon erreur de débutant et je suis soulagé. La fin de ce cauchemar est au bout de l'allée. Comme nous l'avons convenu, je fais un large détour et reste plusieurs minutes dans mon véhicule sans chercher à rejoindre la ville rapidement. Il doit s'écouler plus d'une heure quand je reprends la route.

Je suis crevé et je manque de peu d'écraser Sy, au milieu du passage, les bras écartés. Je freine violemment et plisse les yeux. Il a l'air de parler et je tends l'oreille.

Les paroles qui émanent de ses lèvres me paralysent.

— Pardon Dean…

Je fixe Sy devant mon pare-brise. Les fenêtres ouvertes me font dire que j'ai bien entendu, le ronron du moteur m'offre la chance de m'être trompé.

— Sy ?

Je descends du pick-up pour avancer vers lui. Son visage est blême et je ne comprends pas. Il devrait être trempé, dans l'eau en train de s'occuper du soi-disant corps de Mark.

— Pourquoi tu es ici ? continué-je en imaginant le pire.

Ses lèvres bougent, mais aucun son ne sort.

— Il est mort ?

Ma voix est brisée et j'essaie de me remémorer les mots qu'il a prononcés avant de tomber dans le vide. Ce qui arrive n'est pas de ma faute. Sauf qu'il a eu tort, je suis responsable de ce merdier autant que lui. Je n'aurais pas dû prendre la fuite et venir ici. J'aurais dû affronter James. En finir avec son pouvoir malsain sur nous.

— Je… Je n'ai pas été appelé, lâche Sy. James a demandé à un autre homme de draguer le fleuve et de se débarrasser du corps.

J'ouvre puis ferme la bouche. Qu'est-ce que cela veut dire ?

— Le corps de Mark est introuvable, continue-t-il. Ils savent que… Peter vient de me dire que James est au chalet.

Mes yeux s'écarquillent.

— Jenny, hurlé-je en remontant dans le pick-up.

Sy ne bouge pas et reste au milieu de la route.

— Dégage, hurlé-je prêt à lui foncer dessus.

— N'y va pas. Il attend que ça. Il veut ta mort.

— Il va la tuer, répliqué-je avant d'enclencher la marche arrière pour le contourner.

Sy est impuissant et jure en me voyant partir à une vitesse folle. J'ai déjà fait une bonne dizaine de kilomètres quand mon portable sonne.

Je me paralyse sur mon siège avant de comprendre ce que cela signifie. Je me gare sur le côté de la route et décroche.

— Devine qui est avec moi, susurre la voix de James, tel un sociopathe.

Je m'accroche au téléphone comme une bouée de sauvetage.

Je sais déjà que je n'ai plus rien à faire. Il me tient et je suis complètement anéanti. Je lui avais promis qu'on s'en sortirait. J'aurais tellement voulu y arriver. Je m'apprête à parler quand j'entends sa voix, faible, mais présente.

— Dean ?

Elle sanglote. Je le sais et je le sens malgré son envie de paraître forte. Je me mords les lèvres pour ne pas pleurer. Elle n'a pas besoin de ça. Je dois être fort pour elle. Jenny mérite d'y croire jusqu'au bout. Je ne peux pas l'abandonner, pas maintenant.

— Je vais bien Dean, déclare-t-elle à demi-mot. Ne fais pas de bêtises...

Je serre la mâchoire pour ne rien dire. Ce n'est pas le moment. Si je lui confie ce dont j'ai envie, cela ne signifiera qu'une chose... que c'est la fin. Que je n'entendrais plus jamais le son de sa voix et je ne peux pas m'y résoudre. Elle doit penser que me rassurer m'aidera. Elle a peut-être raison, je n'en ai aucune idée. La seule chose que je ressens, c'est mon cœur qui se sépare en deux à chacune de ses syllabes. Je dois lui dire au revoir, mais j'en suis incapable.

— Oh... c'est adorable, souffle James dans le téléphone. Ta chérie ne veut pas que tu fasses de bêtises. Mais sait-elle que si tu ne fais pas ce que je te demande, elle ne te reverra plus ?

Je ne dis rien et attends, James n'a pas fini de me torturer, je le sens.

— Mais tu pourrais être le premier à ne plus pouvoir la voir, tu sais. Ne te crois pas infaillible.

Je tressaille en entendant la suite :

— Deux hommes arrivent pour te régler ton compte si tu hésites à faire le travail.

Mon intuition était donc bonne, quelqu'un me suit pour me tuer ? Je regarde à droite et à gauche.

— Dean, je ne suis pas patient et je ne l'ai jamais été. Deux solutions, la mort... ou la mort, ricane-t-il. Juste à choisir de qui.

Je déglutis et tente d'imaginer Jenny dans mon esprit. Son doux visage collé contre le mien pour nos derniers adieux.

— N'oublie jamais qui tu es, a-t-elle soufflé.

Je lui ai promis d'essayer, mais comment faire si c'est pour vivre sans elle ? Comment puis-je choisir entre une vie qui ne me ressemble pas et une vie loin de l'amour de ma vie ? Le prix est trop fort et j'avance résolu à terminer le travail. James me le paiera un jour. Je ne sais comment encore, mais c'est certain.

Chapitre 17
Julia

Présent

Quand j'ouvre les yeux, Dean est en train de se déshabiller. Sa combinaison ne semble plus obligatoire. Je tourne la tête et constate qu'Adel n'est plus là. Je ne lui fais pas savoir que je suis réveillée et l'observe. Son dos est couvert d'encre noire, mais un prénom sort du lot.

— Qui est-ce ?

Il fronce les sourcils ne voyant pas de qui je veux parler.

— Jenny, précisé-je.

Ses yeux se baissent et évitent mon regard tandis que je soupire. Encore une fois, Dean est en train de se défiler quand je pose une question banale.

— Je l'ai remarqué quand tu as levé les bras pour la vérification des plaques, expliqué-je. Je voulais juste savoir qui avait été si importante pour finir sur ta peau.

Dean se frotte les yeux, visiblement mal à l'aise avec ce sujet.

— Tu regrettes ce tatouage ?

— Pas du tout ! réplique-t-il du tac au tac. Je n'ai simplement pas envie d'en discuter.

— Écoute Dean, nous avons des heures devant nous à être confinés. Tu ne veux pas sortir pour t'occuper des autres pour ne pas me laisser seule, alors soit tu me parles soit tu dégages !

Je suis peut-être un peu dure avec lui, mais j'en ai marre de ne rien comprendre à nos conversations. Il est si mystérieux que chacune de ses phrases semble cacher des doubles sens et les silences qu'il utilise comme arme me désarçonnent trop souvent.

— Avoue.

— Quoi ?

— Ce que tu veux ! Je m'en fiche. Tu m'as dit que tu te confierais...

C'est véridique. Peu importe son degré de confidence, cela ne pourrait pas être pire que le vide sidéral qu'il m'offre souvent.

— C'était mon premier amour, lâche-t-il.

Je reste un peu dubitative en voyant qu'il m'a répondu sincèrement et assez vite. Mon mutisme le fait lever les yeux au ciel, comme s'il trouvait ça exagéré d'être étonnée par des confidences venant de lui. Si je n'étais pas mal en point, j'aurais envie de sortir la bouteille de champagne et l'exploser sur un des murs blancs qui nous entourent.

— C'est elle que tu as abandonnée ? demandé-je en faisant référence à ce qu'il a avoué à Adel, il y a quelques heures.

Il se tend et je grimace. J'ai peut-être été un peu trop frontale cette fois-ci. Je m'apprête à m'excuser quand il se met à parler :

— Je ne l'ai pas abandonnée. Je n'ai pas été là pour elle, rectifie-t-il. J'ai... J'aurais dû être avec elle ce jour-là. Elle serait encore ici...

Sa voix meurt et je me sens mal. Son premier amour est donc décédé, mauvaise pioche en ce qui concerne le sujet de conversation pour démarrer nos confidences.

— Je suis désolée. Je ne savais pas.

Il ne rajoute rien. Dean n'est pas du genre à me dire, « ce n'est pas grave, tu ne pouvais pas savoir ». Il a raison, je n'aurais pas dû insister en voyant sa première réaction, mais je suis curieuse et j'ai tellement de questions sans réponse à son sujet. James ne m'a rien raconté de précis. Je ne sais même pas vraiment comment ils se sont rencontrés ni pourquoi Dean déclare avoir fait médecine à cause de mon mari. Ce que je constate, c'est que j'ai toujours été irrémédiablement attirée par l'homme qui est devant moi et que je ne comprends pas pourquoi.

— Tu n'as pas envie de savoir, murmure-t-il.

— Raconte-moi…

— Pour ça, je devrais t'avouer des événements qui concernent d'autres personnes. Je ne suis pas le seul exposé dans cette histoire, Julia. Je peux juste te dire une chose, ton mari est un monstre qui n'a pas uniquement gâché ma vie.

Je frissonne. Il l'a dit d'une telle façon que j'ai du mal à le contredire.

— Explique-moi alors !

Suppliante, je me relève. Je vais définitivement mieux puisque cela n'a pas l'air d'être douloureux de le faire. Néanmoins, Dean arrive droit sur moi. Il est torse nu et mes mains se posent sur ses pectoraux. Nos regards se croisent et j'ai une envie folle de l'embrasser.

— Pourquoi je me sens en sécurité avec toi ? avoué-je.

— Je ne sais pas Julia… J'ai la même impression. Quand tu es dans une pièce avec moi, j'oublie ce que je suis devenu.

— De quoi parles-tu ?

— Du reflet que je renvoie chaque matin dans le miroir, déplore-t-il. Celui que je ne peux pas fixer sans avoir honte.

— Tu ne devrais pas avoir honte, soufflé-je en posant une paume sur sa joue. Tu es un médecin incroyable.

Il soupire et prend ma main pour la porter à ses lèvres. Son contact me fait perdre la tête et je m'approche encore un peu plus de lui. Je suis presque sur ses genoux et nos souffles se mélangent.

— Dean, qu'est-ce que tu n'oses pas me dire ? Pourquoi dis-tu que James est responsable de ton choix de carrière ?

Il se mord la lèvre inférieure et je ne peux m'empêcher d'essayer de le réconforter contre lui-même. Le baiser que nous échangeons n'a rien à voir avec les autres. Celui-ci, je sais que je le désire au plus profond de moi.

— Arrête Julia…

Il dit ça en s'éloignant de mon visage, ses doigts tenant mon menton.

— Pourquoi ? Je sais que tu en meurs d'envie.

— Oui, souffle-t-il. Mais si tu connaissais la vérité, tu ne le ferais pas.

Son attitude m'exaspère et je me relève d'un seul coup l'obligeant à se reculer pour ne pas se prendre mon genou en pleine tête.

— Alors, dis-moi ! Pourquoi ni l'un ni l'autre n'avoue ses torts ? Normalement, tu devrais être le premier à vouloir le traîner dans la boue si tu en as la possibilité ?

Il contracte sa mâchoire ce qui me donne encore plus envie de lui, mais c'est impossible. Je ne peux pas savoir ce qui est bon de faire si personne ne me donne les règles du jeu. Voyant qu'il ne répond pas, je commence à me diriger vers la sortie. Il est hors de question qu'il continue de jouer avec moi. Ses belles histoires sur une vie à deux et les rêves que j'ai faits pendant cette quarantaine ne changent rien au fait que je ne sais rien de lui. Je ne comprends aucune de ses réactions et je n'en peux plus.

— D'accord. Mais promets-moi de…

— De quoi ?

— De ne pas oublier que j'essaie de rattraper mes erreurs depuis des années en sauvant des vies, souffle-t-il.

Si je dois être honnête, une partie de moi souhaite sortir pour ne pas entendre ce qu'il a à me dire. Cela n'a pas l'air si gentillet. J'avais imaginé une histoire de lycée, des examens ratés, une copine piquée ou une petite guerre de rivalités depuis toujours. En somme, j'avais émis des hypothèses plausibles pour continuer à pouvoir les aimer tous les deux. Sauf qu'au moment où je pose les yeux sur l'expression mortifiée de Dean, je comprends qu'il n'en est rien. Si je reste, je vais devoir vivre toute ma vie avec la certitude d'avoir aimé deux hommes que je ne connaissais pas. Je deviendrais peut-être même complice de crimes innommables.

J'arrête ma respiration ne sachant pas si je suis capable de supporter ses révélations.

— Si tu veux rester et apprendre la vérité, tu t'assois. Sinon, tu pars et tu ne me demandes plus jamais d'être honnête, déclare-t-il.

Vivre dans l'incertitude protège un moment, mais j'ai besoin de connaître l'homme qui est dans mon lit chaque soir et celui qui chaque nuit hante mon sommeil.

Ce sont deux hommes différents et pourtant au passé commun.

Chapitre 18
Dean

Passé

Il pleut. Encore. Toujours. Comme si c'était le signe que je devais tout arrêter avant qu'il ne soit trop tard. Mais Mark a compris quand j'ai réussi à le contacter. Il a su que je n'avais pas d'autres choix. James doit avoir mis un de ses hommes à mes trousses et je n'ai plus d'autres possibilités. Je dois terminer le travail.

Nous avons rendez-vous dans l'une des usines du coin. Je la connais bien, mon père y a travaillé un moment avant le départ de ma mère.

J'ai le pistolet dans les mains et la peur au ventre.

Lui, il a l'air serein. Il est venu désarmé alors qu'il sait très bien ce que je vais faire. J'ai envie de pleurer, de vomir et pourtant je n'en fais rien. Je repense à Jenny qui semblait si sûre de notre réussite ce matin. Elle m'a encouragé à y croire et j'ai voulu l'écouter. Je n'aurais pas dû. Mon instinct me hurlait de réagir et je l'ai fait trop tard. Pour elle, pour eux… pour moi.

— Tu n'as plus d'autres choix, Dean. Tire.

L'ordre de Mark me sort de ma léthargie.

— Cours, articulé-je.

Il me fixe et je répète, incapable de le regarder droit dans les yeux. Heureusement, mon ami s'enfuit. Les doigts tremblants je le vois s'approcher de l'usine. Les immenses blocs inflammables ne sont qu'à quelques mètres de lui quand je tire dessus. La façade du bâtiment s'embrase en un instant et sa silhouette disparaît dans les flammes. Une larme coule le long de ma joue tandis que le téléphone sonne.

— Tu aurais dû faire ça depuis le début mon petit, chuchote James avant de tirer deux coups.

Je hoquette et tombe par terre en imaginant le corps sans vie de Jenny.

Il a réussi. Des preuves me reliront au meurtre de Mark et j'ai perdu Jenny. Sy avait raison, il l'aurait supprimée de toute façon parce qu'elle avait vu son vrai visage.

Mais au lieu de m'apitoyer sur mon sort, je me relève. La hargne dans les yeux.

Je vais tuer ce monstre ou mourir ce soir.

— Dean, hurle Sy en faisant déraper sa voiture là où j'ai garé la mienne.

Je ne l'écoute pas et continue de marcher vers le pick-up.

— Arrête !

On dirait un fou à la façon dont je l'ignore.

La haine suinte dans chacune des cellules de mon corps et je vais me venger.

— Si tu le tues, on perdra tous un être cher, claque-t-il.

J'ouvre la porte conducteur sans tressaillir. Mes mains ne tremblent pas quand je mets le contact et Sy jure face à ma détermination.

— Si tu tournes ces clés, tu meurs, déclare le propriétaire du canon qui vient de se glisser sur ma tempe.

Je regarde le rétroviseur intérieur et vois le visage de Peter, déformé par la colère.

— Tu as perdu ton amie et j'en suis désolé. Mais il est hors de question que tu touches à ma fille en le tuant. Est-ce clair ?

Je fronce les sourcils.

— De quoi voulez-vous parler ?

— James la détient et doit passer chaque jour un coup de fil à je ne sais qui pour qu'elle reste en vie. Tu étais le seul libre...

Je déglutis.

— On était d'accord pour t'épauler, car Mark avait les preuves pour le faire tomber. Sauf que ce n'est plus le cas. Alors tu vas rentrer dans le rang comme nous. Tu fais semblant d'avoir compris la leçon et tu écoutes ses ordres.

— Tu crois que je vais aider une pourriture à...

— Oui. Mark a dit que tu voulais être pompier pour sauver des vies, non ? C'est le moment de le prouver. Tu as la vie de ma fille dans tes mains.

Je frissonne.

— Je ne peux pas...

— Si. Dans un mois, James te demandera de partir étudier la médecine. Tu pourras réparer tes erreurs là-bas et ma fille grandira.

— Et il continuera à vivre en terrifiant et tuant ceux qui le dérangent ?

— Pour le moment, avoue Peter. Et un jour, il y aura un autre Mark qui nous aidera à le faire plonger. Pour l'instant, on doit faire profil bas si on ne veut pas réitérer le massacre de ce soir.

Il sort de la voiture voyant que je n'ai aucune intention d'être responsable de la mort d'une fillette et je jure en explosant ma main sur mon volant. Comment vais-je pouvoir vivre avec le tueur de la femme que j'aime proche de moi ?

Chapitre 19

Dean est immobile devant moi et attend que je réagisse. Je n'ai pas compris la totalité de ce qu'il m'a dit. Il a raconté son histoire en bribes de phrases et de mots déconstruites. J'essaie de me remémorer les choses importantes, essentielles.

— Julia, j'ai fui. Je n'avais aucun autre choix. J'ai abandonné mon père sans me retourner pour le protéger. James savait que je ne prendrais pas le risque de le contacter, mais il l'a tout de même fait surveiller. J'ai changé de prénom, de nom, j'ai étudié ailleurs et j'ai galéré pour payer mes études. Ce que j'ai fait pour m'en sortir, ce n'est pas ce dont je suis le plus fier. J'ai travaillé dans des endroits pas forcément légaux, j'ai accepté des marchés limites et je ne me suis jamais retourné. L'homme que j'étais avec Jenny a disparu avec elle. Pas une seule fois, je n'ai réussi à regarder un pompier dans les yeux. J'avais trop peur. Je sais qu'on m'a cherché après mon départ. Des collègues de ma caserne ont dragué un fleuve à côté en espérant ne rien découvrir et à la fois, souhaitant trouver des réponses à mon absence. J'ai suivi de loin les journaux et personne n'a jamais fait aucun rapprochement avec ma disparition. Mon père a sûrement cru que j'en avais eu marre de lui. Comme ma mère. Cela m'a longtemps crevé le cœur, mais je n'avais pas d'autres choix. James m'aurait retrouvé. Il m'aurait brisé en mille morceaux.

— Mais tu as dit avoir joué le jeu au début, non ?

— Les premiers mois, oui. Pour avoir le temps de me trouver un endroit où dormir, un travail et un avenir. Contre toute attente, je me suis révélé être excellent en médecine et je me suis dit que c'était la voie rêvée pour faire enfin un peu de bien autour de moi. Je n'avais pas la prétention de pouvoir me racheter, je ne le pourrais jamais. Mais au moins de servir à quelque chose.

— James a gagné, murmuré-je, écœurée d'avoir épousé un tel homme.

— En quelque sorte, oui, avoue-t-il.

— Je suis désolée.

Ma main se pose sur son avant-bras et je vois que dans ses yeux, il est ailleurs. Loin… et une pointe de jalousie perce mon cœur en imaginant qu'il se souvient de cette femme qu'il a tant aimée.

Dean
Présent

Je revois Jenny m'ordonner de ne pas m'approcher de ce type.

— Il est mauvais Dean… je le vois dans ses yeux. La totalité de ce qu'il dégage est effrayante. Ce genre d'hommes me terrifie.

J'aurais dû l'écouter à l'époque. Je le croyais insistant, mais loin d'être violent. Oui, il avait détruit des vies, mais en réputation, jamais dans les faits. Jenny avait été la première de sa liste.

— On doit faire quelque chose, souffle Julia.

— Pour elle ? Non... C'est impossible. Si son meurtre revient à la surface, James me fera plonger avec lui. Il s'est assuré d'avoir les moyens de me tenir quoi qu'il se passe.

— Tu ne comptes pas te battre ?

Elle a l'air étonnée et révoltée.

— Là, tout de suite ? Non. J'ai failli voir la femme que j'aime mourir à cause de son degré de débilité élevé à ne pas se faire soigner. J'ai juste envie de souffler et de profiter d'elle en vie. Demain, peut-être que ma vendetta reprendra.

Julia se laisse choir sur moi et me serre dans ses bras.

— Je suis tellement désolé, soufflé-je. Cela ne doit pas être simple d'apprendre ça.

Elle hausse les épaules.

— Je crois que je l'ai toujours su. Tara déteste James depuis leur rencontre. Ma mère veut juste que j'aie un homme à mes côtés et je n'ai jamais vu personne de sa famille. Notre mariage était composé à 97 % de moi... ce n'est pas normal.

— En parlant mariage... si tu savais les menaces que j'ai reçues après, rit-il. Jamais de lui directement, mais des filatures, un pare-brise cassé, une porte fracturée... Juste pour me dire que j'étais loin d'être en sécurité où je pensais l'être.

Elle écarquille les yeux et se recule un peu.

— Déménage !

— Jamais. De plus, je ne dors pas là où il croit. Ce n'est qu'un leurre que je paie une petite fortune.

Elle lève les yeux au ciel et revient plus proche de moi. Cette fois-ci, elle garde le silence et je pense savoir pourquoi. Elle doit réfléchir à l'avenir. À ce qu'elle doit faire maintenant qu'elle connaît la vérité.

— J'ai le droit de dire que je suis soulagée ?

Je fronce les sourcils plutôt étonné de l'entendre énoncer une telle chose.

— C'est bête hein... avoue-t-elle les joues déjà roses, mais je ne culpabilise plus d'avoir eu envie de te déshabiller durant toute la quarantaine.

— Ah oui ?

— Oui. C'est un monstre alors je peux bien avoir des pensées sexuelles te concernant.

— Bien entendu. Je disais surtout « ah oui » face à mon étonnement d'apprendre que tu rêvais de me voir nu.

— La fièvre, explique-t-elle. Ni plus ni moins.

Je ris et la fixe, avant de murmurer :

— Donc, si je me déshabille, ici et maintenant... aucune chance d'avoir une femme hystérique à mes pieds...

Je détache les deux boutons qui retiennent ma chemise et mime le geste que fait chaque stripteaser avant leur show. Julia glousse avant de se cacher le visage de ses deux mains, je continue et ôte le haut. Ma peau en fusion rentre en contact avec ses mains et elle ouvre instantanément les yeux.

Dans son regard, je vois la passion des premières fois. Elle me refait confiance et me désire à nouveau. Cette constatation termine de me faire bouillir et je n'attends pas d'approbation pour lui voler un baiser. Sauf qu'à la différence de la dernière fois, elle attrape l'arrière de mon cou et me le rend fougueusement. Ses jambes essaient maladroitement de se mettre autour de mes hanches et je décide de l'aider un peu.

En un éclair, elle est à cheval sur moi, ses longs cheveux frôlent mon corps et je tremble de bonheur. Cette femme me rend complètement fou. Je plonge un peu plus ma langue pour lui montrer à quel point je la veux et elle gémit. Ses ongles s'enfoncent dans ma peau tandis qu'elle entame un mouvement de va-et-vient pour me faire imploser. Notre salle de repos n'est pas fermée et je dois me retenir, mais je n'y arrive pas. Je la soulève d'une main et ses jambes s'agrippent à mes hanches. J'ai l'impression que nos échanges sont instinctifs. Nos corps fonctionnent parfaitement ensemble et je me résous à lâcher sa bouche pour voir où je vais. Ses lèvres sont rosies par la force de nos échanges et elle me dévore du regard. Je vois sa langue passer plusieurs fois sur sa lèvre inférieure pour me tenter à nouveau. Je compte bien lui donner ce dont elle a envie, mais avant je dois m'assurer qu'on ne sera pas dérangé. Cela fait des mois que j'attends ça. J'ai cru la perdre un nombre de fois incalculable et enfin, tout semble réuni pour que nous puissions être bien. Pourtant j'ai peur que cela ne se termine pas bien. Qu'un autre événement arrive et je pose une main tremblante sur le verrou de la porte.

— Tout va bien se passer, me susurre Julia.

Elle reste la seule femme depuis Jenny à voir autre chose que mes apparences. Elle lit en moi comme dans un livre ouvert et c'est rassurant. Parfois déboussolant aussi. Mais avec elle, je ne peux plus mentir. Elle m'oblige à redevenir l'homme que j'aurais dû être depuis toujours.

— Dean, regarde-moi.

Ses yeux me cherchent du regard et je sens que ce n'est plus la passion qui nous colle à cet instant. Je le vois à son expression, Julia m'aime et cela a toujours été réciproque.

— Je t'aime, Julia.

Je ne lui demande pas de me répondre, surtout pas après toutes mes révélations. J'avais simplement besoin de le lui dire avant de reprendre possession de sa bouche. J'attrape fermement son visage et plaque son dos contre un mur.

Elle esquisse un sourire vite balayé par mes baisers. Je la déshabille rapidement et à la fois doucement. Je ne veux rien précipiter, mais je la désire trop pour attendre de découvrir petit à petit sa poitrine. Ma peau est brûlante et elle ne fait qu'attiser mon envie en s'agitant contre mes hanches.

— Tu me rends...

— Je sais...

Elle glisse ces deux petits mots avant de passer sa langue le long de mon cou. Je comprends le message et nous fais pivoter pour la coucher sur le canapé de repos. Ce n'est pas l'endroit idéal pour ce que nous allons faire et j'aurais aimé lui offrir bien plus, mais une fois que je la vois entière nue sur les coussins, je ne réfléchis plus. Elle semble aussi fiévreuse que moi et m'attire par la main.

— Dean, profite...

Je me laisse glisser sur le canapé et elle se met sur moi. Les yeux dans les yeux, je comprends qu'elle sera ma meilleure motivation pour faire tomber ce fumier. Je ne peux pas encore lui dire, mais tout à l'heure, elle devra rentrer chez eux et faire semblant de l'aimer. Cette idée me révulse, mais nous n'avons pas le choix. Les joues rosies de cette femme devront à nouveau se poser sur l'oreiller de leur lit conjugal. Ce corps de déesse n'appartient plus à cet homme, mais elle devra lui faire croire que si. Mon cœur s'émiette en pensant à l'avenir et se gonfle de bonheur pour ce que je suis en train de vivre.

— Dean, profite, répète Julia en comprenant que j'ai la tête ailleurs.

J'évince alors ce qui n'est encore que notre futur pour profiter de notre présent. Mes mains glissent dans ses cheveux et nos corps s'entremêlent, dans notre première danse.

Chapitre 20
Dean

Passé

Cela fait sept mois que Jenny est partie et que j'ai commencé à jouer le jeu de James. Des dizaines de semaines à ressasser les dernières minutes avec elle, des heures à écouter la radio pour savoir s'ils ont retrouvé son corps. Mais il n'y a rien d'autre que de la haine qui reste tapie au fond de mes tripes. James a été encore une fois plus fort et je dois contrer ça. Pour le moment, son argent et les magouilles m'aident à vivre, à me créer un avenir et surtout à le piéger. Aujourd'hui est le premier jour d'un plan incroyablement bien pensé.

Sa chute est proche et il ne le sait même pas.

J'essaie de crocheter la serrure de l'usine qu'il squatte avec sa nouvelle bande. Même si je ne suis plus vraiment actif dans le groupe, je continue de recevoir des bribes d'informations et aujourd'hui, je vais obtenir les preuves qu'il me faut pour stopper son business.

— Arrête petit. C'est idiot et inutile de faire ça.

Je pivote et lâche mon pied-de-biche, pris la main dans le sac. Devant moi, la silhouette d'un homme imposant portant une longue barbe. Sa voix est basse et rauque. Cela me paraît familier et lointain.

— Deux solutions s'offrent à toi, tu cours très vite et tu parviens à ne pas énerver James, ou tu montes dans ma bagnole. Je pense que la deuxième option est la meilleure.

Des conversations se font entendre et nous préviennent de l'arrivée d'hommes de main. Nous n'avons qu'une ou deux minutes pour bouger et il a raison, sa voiture est la seule vraie solution.

Il se détourne de moi et sort à la lumière pour monter dans sa berline. Je n'ai pas le temps de distinguer son visage que deux hommes déboulent de la ruelle. Trop loin pour me voir glisser sur la plage arrière en hurlant à l'inconnu de démarrer. Ce dernier ne m'a pas attendu pour le faire et nous partons dans les rues sombres de Newark. Je suis loin de chez moi, demain j'ai des cours importants, je viens de rater un plan que j'ai mis des mois à peaufiner et un inconnu m'a pris sur le fait avant de m'aider. Définitivement, comploter, ce n'est pas pour moi.

Après avoir roulé une bonne vingtaine de minutes, il s'arrête devant un immeuble et quitte la voiture. Bouche bée de son désintérêt pour moi, je sors à mon tour. L'endroit est calme et résidentiel. Seul et sans aucune indication du lieu où je me trouve, je réfléchis à mes options. L'homme a laissé les clés sur le contact et n'a pas l'air d'être là. Néanmoins, j'ai appris à ne pas me fier aux apparences et quelque chose m'interpelle chez lui. Sans hésiter, je rentre dans l'immeuble. De toute façon, je n'ai plus rien à perdre depuis bien longtemps. C'est comme ça qu'on devient « excellent et con » selon l'un des professeurs de l'université. Je suis aussi brillant qu'idiot puisque je ne prends jamais en compte les répercussions. Cela permet de ne pas abandonner l'affaire, mais de mettre en danger inutilement un bon nombre de personnes.

— Soit dit en passant, la médecine n'est pas un terrain de jeu, monsieur. Vous devriez donc arrêter de croire que tout peut se résoudre en force, a-t-il dit après que je me sois insurgé de voir qu'on avait abandonné une femme lors d'une pandémie qui avait l'air d'avoir les symptômes et qui pourtant n'a jamais été porteuse de la maladie.

Les cours étaient théoriques et je n'avais aucune idée de la véracité de ses propos. Cela illustrait simplement un fait, mieux vaut sauver le plus grand nombre en faisant quelques victimes plutôt que de tuer un grand nombre pour une petite portion de patients.

Mais depuis la disparition de Jenny, je ne sais pas abandonner. J'en suis incapable.

— Rentre petit, me lance une femme dans le hall.

Elle s'engouffre derrière une porte et je la suis aveuglément. Qu'importent les conséquences de mes actes, j'ai déjà fait trop de mal pour ne pas continuer.

— Attends ici.

La femme a une quarantaine d'années. Ses cheveux bruns tressés et sa peau noire tranchent avec sa longue robe blanche. Elle me sourit et disparaît dans une autre pièce tandis que je m'installe sur l'un des deux fauteuils en cuir.

L'appartement n'est pas extraordinaire, mais il n'est pas insalubre comme beaucoup de lieux que j'ai visités ces derniers mois. À en voir les photos, plusieurs enfants vivent ici et la femme semble en être la mère.

J'attends une petite dizaine de minutes en silence, les mains croisées quand un homme rentre. Je reste bouche bée en le reconnaissant. En face de moi, sous la luminosité liée aux nombreuses fenêtres de la pièce, je comprends pourquoi l'inconnu m'avait paru familier.

— Mark, soufflé-je.

— En chair et en os, rit-il.

Sa longue barbe, les rides naissantes sur le côté de ses yeux et sa nouvelle couleur de cheveux lui transforment le visage. Je me lève et lui tombe dans les bras sans chercher à en comprendre plus.

— Mais je te croyais mort ! dis-je après un moment.

Mon ami se triture la barbe avant de soupirer :

— Si je voulais que notre plan fonctionne, il fallait te le faire croire aussi. Je sais que tu voulais m'aider et que tu aurais été fidèle. C'est pour ça que James est allé si loin. Il voulait être sûr, jusqu'au bout, que tu m'avais éliminé.

— Alors le soir où...

— Ce n'était pas moi, Dean. Tu ne m'as pas tué. Et tu n'es pas responsable de ce qui est arrivé à Jenny.

— Il a...

— Je sais. Quand j'ai regardé les informations du lendemain, j'ai compris qu'il avait abattu sa dernière carte. Je t'ai suivi durant plusieurs jours et j'ai vu que tu préparais ta sortie pour l'université de médecine. Ça signifiait qu'il avait gagné pour le moment et qu'il devait te tenir d'une manière ou d'une autre. Qu'il était encore trop tôt pour que je reprenne contact.

— Tout ce temps, tu me surveillais ?

— Non. J'ai beaucoup bougé dans d'autres États. Avec nos surveillances, j'avais noté plusieurs plaques.

— Le FBI t'a aidé ?

— Non. À ma mort officielle, mes contacts ont fondu comme neige au soleil. J'ai dû reprendre les vieilles méthodes. Sy a été le premier à me retrouver et j'ai compris que je n'étais pas le seul à souhaiter lui faire la peau.

— Tu as revu Sy ?

— Bien sûr ! Peter est là aussi, dans le coin. On évite de se rencontrer trop souvent de peur que James les surveille encore.

— On m'a dit qu'ils avaient bien payé leur dette.

— Trop payé si tu veux mon avis. Mais oui, James les laisse vivre.

— Moi non... marmonné-je. Je suis suivi sans cesse. Il n'y a que le jeudi qu'ils négligent. Je n'ai toujours pas compris pourquoi.

— Parce que tu as un professeur qui te surveille à la place des autres guetteurs.

Je suis ébahi par sa révélation.

— James a pris du galon depuis le barreau. Il n'y a quasiment plus rien qui l'arrête. C'est effrayant.

Je déglutis. Je n'ai pas envie de me retrouver une nouvelle fois mêlé dans le sang et la mort.

— Je dois tout quitter, soufflé-je. J'en peux plus.

— Si tu veux mon avis, tu es exactement là où tu dois être. Médecin, cela te colle à la peau. James est prêt à raquer pour ton silence et tu pourrais même prendre l'avantage sur lui. Mais pour ça, va falloir partir au soleil.

— Au soleil ?

— Los Angeles, tu n'as jamais eu envie de découvrir ?

— Pas vraiment. James est ici, je dois continuer à le surveiller.

— Il n'y a pas que du business là-bas. De plus, si on veut le coincer, faudra le faire de façon intelligente. Ce n'est pas sur deux mois qu'on doit travailler... mais sur des années. On infiltrera sa vie, sans qu'il puisse s'en rendre compte.

Un jeune homme arrive et se présente à moi.

— Lopez Kris, je serais bientôt le meilleur ami de votre type.

Je le fixe et contemple Mark un peu dubitatif.

— Sa mère a subi le courroux indirect de James et elle est décédée. Il avait envie de se venger et il est vraiment bon.

— Attends, approcher James est impossible, lâché-je.

— Par le biais de son business, oui. Mais si on vise l'autre facette de notre chère cible, rien n'est moins sûr.

— De quoi veux-tu parler ?

— James adore être avocat. Kris vient de terminer ses études et devine quoi, il s'apprête à demander un stage dans son cabinet. Notre contact là-bas va le pistonner par pitié sans savoir qu'ils ont un quelconque lien.

— Le nom de famille ? James fera forcément le rapprochement.

— Non, impossible. Je porte celui de mon père depuis toujours et il est décédé. Ma mère est morte quand j'étais à l'étranger. Il ne sait pas que j'existe.

J'écarquille les yeux. Ce gosse a l'air vraiment prêt à le faire.

— Non, dis-je catégoriquement. Hors de question de mêler quelqu'un d'autre. J'ai failli te tuer, on a perdu Josh, Sy et Peter ont dû signer un pacte avec le diable dont on n'a même pas idée, Jenny est... Non, plus de dommages.

— On ne te demande pas ton avis, lâche la nouvelle recrue. Je ne le fais pas pour toi, mais pour moi. Si tu n'es pas content, tu connais la sortie.

Sur ces mots, il fait demi-tour et sort de la pièce.

Je suis bouche bée et Mark est hilare.

— Si tu voyais ta tête, rit-il.

Mes yeux me brûlent et je me frotte les yeux.

— Toujours les rétines fragiles ? m'interroge mon ami.

Je le fixe, étonné qu'il sache ça avant de hausser les épaules.

— Il y a des jours pires. Les médecins disent que ça va passer avec le temps.

— Tu aurais pu finir aveugle, grogne-t-il.

— Tu pensais que je n'essaierais pas de te sauver ? J'ai cru te voir mourir brûlé vif, tu sais ce que ça fait Mark ? Pendant sept mois, j'ai vécu avec la perte de Jenny et la tienne. J'étais persuadé que j'avais fait ça pour rien, que je vous avais perdu tous les deux.

— On l'a pas retrouvée, souffle-t-il.

— Et ? James est bon pour camoufler des preuves.

— Ou bien, elle n'est pas morte.

Mon souffle se stoppe net en entendant ça. Bien sûr que je l'ai rêvé. Je l'imaginais revenir vers moi, sortant de l'eau du lac, un sourire aux lèvres. Je suis repassé plusieurs fois près de leur maison de vacances. J'espérais un miracle avant de me raisonner et d'arrêter de divaguer.

— Elle… est… morte, détaché-je délibérément. Ne commence pas à me faire croire que tu ne le penses pas. Je n'ai pas besoin d'un pseudo espoir pour avoir envie de dédier ma vie à sa destruction, Mark. Je n'ai jamais été aussi sûr que maintenant. Si tu as un plan infaillible, je le suivrai. Si cela consiste à déménager à l'autre bout du pays pour l'attendre et lui porter le coup fatal, je le ferai également.

— Partir sera aussi un gage de protection, Dean. On entend des bruits avec les gars. On a encore des contacts et ils disent que tu aurais un compte à rebours au-dessus de ta tête. Là-bas, tu seras intouchable.

— Me protéger ? Si ce n'est pas pour…

— Si notre plan fonctionne, c'est James qui mettra les pieds dans le piège et cela sera à Los Angeles. Pour le moment, je ne peux pas t'en dire plus.

— Alors je ne dois pas poser de questions, étudier la médecine, devenir médecin et attendre à L.A, si j'ai bien compris ?

— Dans l'idée, oui.

Je soupire. En quoi ne rien faire sera utile ? Je n'ai pas besoin de formuler ma question qu'il y répond.

— Avant de partir, on doit s'assurer qu'il tombe amoureux.

— Quoi ?

— C'est le plan, Dean.

— Le plan, c'est d'espérer que ce monstre sans cœur aime une autre femme ?

— Nous avons une étudiante qui pourrait être ce qu'il cherche.

— Bien, il l'a déjà rencontrée ?

— Pas encore. On a prévu que cela soit ce soir. James sera avec un de nos gars. Il a confiance en lui et ne sait pas que c'est une taupe.

— James sait toujours...

— Pas cette fois-ci.

Je fronce les sourcils et souhaite avoir plus d'informations, mais Mark me coupe.

— Ne pose pas trop de questions Dean. Pour la suite du plan, moins tu en sais, mieux c'est.

— Je dois partir quand pour L.A. ?

— On doit encore peaufiner des choses et mettre en place une rencontre, ça peut prendre plusieurs mois...

— Je commencerai l'internat là-bas, dis-je. Changer en cours de route serait suspect.

— Tu risques ta vie en restant autant de temps ici.

— Ne t'inquiète pas, je n'ai plus rien à perdre et je ne vis plus que pour sauver la vie des autres, ricané-je. Personne ne pourra avoir ma peau dans la bibliothèque universitaire.

Mark essaie de sourire, mais il n'y arrive pas. Nous tentons de prendre la situation de façon philosophique, mais je sais ce qu'il a donné pour cette vie. Sa fausse mort l'empêche d'avoir un quelconque contact avec ses proches et me concernant, ma cavale pour devenir officiellement Dean m'oblige à me faire passer pour disparu auprès de mon père. Parfois, je l'imagine, une bouteille à la main et le cœur brisé deux fois. Mais ce n'est pas le moment, je dois rester froid dans ma tête.

— On se revoit dans quelques mois. Tiens-moi au courant pour cette fille, s'il te plait.

Mark acquiesce et je sors de l'immeuble. Le métro n'est pas loin, mais je préfère me diriger à pied à la gare. Je dois rejoindre mon université et reprendre une vie d'étudiant normal pour le moment. Faire croire à James que je suis ses ordres, devenir un médecin émérite qu'il pense pouvoir manipuler le jour venu. Mais les choses sont en train de changer et j'aime ça.

Mon souvenir disparaît et je reviens à la réalité.

Julia me fixe et je me promets un jour de lui raconter. Elle aura le droit de savoir. Mais pas encore. Elle semble si faible. Et comment pourra-t-elle vivre avec ce secret ? Me pardonnera-t-elle d'avoir été aussi monstrueux que James ce soir-là ? Depuis des années, je n'arrive pas à oublier ce fameux soir et maintenant qu'elle est entrée dans ma vie, je me culpabilise de cette situation.

Elle pose sa tête contre mon torse et s'endort tandis que le passé me rattrape une nouvelle fois.

Des années plus tôt

Je m'arrête au bord du bar et guette. Je sais que c'est contre les recommandations de Mark, mais je n'arrive pas à me sortir le visage de Jenny et sa voix qui me dit qu'on ne peut pas laisser une femme innocente dans ses bras. Cela me rend malade et j'ai besoin de voir qu'elle est consciente de ce qu'elle fait. Je dois me rassurer avant de partir pour Los Angeles.

Après plusieurs heures d'attente, deux filles sortent bien amochées, l'une d'elles est maintenue par James et je serre la mâchoire. Le plan se referme sur cette femme ivre et j'ai de la peine pour elle. L'autre reste sur le trottoir et avec la pénombre, je ne parviens pas à bien la distinguer. Avant que le taxi parte, les trois rejoignent la jeune alcoolique d'un soir et je n'arrive pas à me contrôler. Je mets le contact et les suis. Je maintiens une bonne distance et me gare de l'autre côté de la rue quand le taxi s'arrête. D'où je suis, je peux voir les quatre silhouettes monter dans l'immeuble. D'extérieur, James ressemble à un jeune avocat charmant très détendu avec son collègue que j'ai du mal à imaginer comme un des nôtres.

Ils restent quelques minutes à peine dans l'appartement et je m'étonne cette fois de voir l'amie de celle alcoolisée ressortir avec eux. Mais à quoi joue-t-elle ?

L'ami que je ne connais pas se met à bâiller sur le trottoir et semble leur dire qu'il part se coucher.

Je m'étais donc trompé, la victime de ce piège est une inconnue en état de se rendre compte de ce qui lui arrive.

Cela me rend malade et en voyant qu'ils décident d'aller à pied dans un bar, je sors de ma voiture pour les suivre. Mon attitude est bête et je pourrais ruiner entièrement les efforts de plusieurs mois pour monter ce plan, mais je ne peux pas laisser cette femme se faire avoir de la sorte. Jenny n'aurait jamais pu tolérer ça.

Mon téléphone vibre et je reçois un message de Mark :

Le plan fonctionne. Étonnement, James semble être intéressé par l'autre fille. Tant mieux s'il fait son choix seul.

J'ai envie de vomir et ne réponds rien, verrouillant mon portable. Mes pieds avancent en mode automatique tandis que j'ai peur que James se retourne vers moi. Je quitte les futurs amoureux des yeux quand je reçois à nouveau un message.

SY : *DÉGAGE MEC!*

Je lève les yeux et observe la berline grise au loin. Il est si facilement repérable qu'ils peuvent dire merci à la beauté de la prochaine copine de James de l'aveugler.

J'ai envie de taper une réponse, mais je me retiens. Cela ne sert à rien de leur expliquer que j'ai besoin de croiser les yeux de cette femme pour être certain de faire le bon choix. J'ai impliqué Jenny et on sait où cela a mené, hors de question de refaire la même erreur deux fois de suite avec cet homme.

Je les ai perdus de vue et je comprends qu'ils ont dû entrer dans le bar le plus proche. J'hésite, attends un peu et rentre. Je ne vais pas abandonner aussi facilement. J'ai une casquette et une veste qui remonte assez pour ne pas être reconnaissable de loin. James devrait vraiment être face à moi pour capter ma présence, ce qui n'arrivera pas.

Deux fois dans ma vie, j'ai ressenti ça.

Cela n'avait jamais été avec une autre personne que Jenny.

Avant elle, après elle, peu importe, un courant particulier est passé avec cette femme inconnue.

Ses yeux clignent plusieurs fois et je peine à respirer. Elle me fixe, mais je dois arrêter de retenir son attention. James risque de revenir à tout moment et que ferais-je si ses yeux se posaient sur moi ? Comment pourrais-je expliquer à ce malade ma présence ici alors que je devrais être en train d'étudier avant de partir pour L.A où je viens de décrocher l'un des meilleurs internats du pays ?

Je détache mon regard de cette inconnue et décide de sortir avant de faire une bêtise. Mes jambes sont lourdes et je prends sur moi pour ne pas hurler à cette femme de me suivre. Pourquoi doit-elle subir ça ? Pourquoi ai-je eu le ventre lacéré en croisant son regard ?

J'en connais la raison. Elle ressemble tellement à Jenny. Ses lèvres charnues, sa façon si directe de me regarder, ses longs cheveux ondulés, ses yeux et son air déterminé. James en a-t-il conscience, ou est-ce simplement le fruit du hasard ?

Le cœur meurtri, je quitte le bar sans me retourner. Je ne fais pas attention de me protéger des regards indiscrets, j'ai juste besoin de respirer l'air extérieur.

Quand je sors, Mark et Sy ne sont pas loin, mais je les ignore. J'ai envie de vomir et la tête me tourne. Je prends la première ruelle pour vider mon estomac.

— On y va, soufflé-je aux deux silhouettes derrière moi. Dès que vous êtes prêts, on fait nos valises pour la côte ouest.

— Mec...

— Ne dîtes rien, c'est le plan. On bousille une dizaine d'années de notre vie pour ce taré et lui vit la belle vie aux côtés d'une femme qui a l'air géniale. C'est normal, ironisé-je.

— Il paiera pour tout ce qu'il a fait…

— Et fera, rajoute Sy.

Parce que c'est ça le souci. Cette femme, il la fera souffrir. Je le sais et je le sens. Jenny m'aurait craché au visage d'être un lâche de le laisser faire ça impunément.

— Comment s'appelle-t-elle ?

— Julia. Et ne t'inquiète pas, elle ne se souviendra pas de toi, elle a déjà bien bu dans le bar d'avant.

Mon cœur s'ouvre un peu plus. Je serai donc le seul à me remémorer cet échange de regards. Pendant combien de temps va-t-elle me hanter ?

Présent

Cette question, je peux y répondre en la regardant aujourd'hui. Elle n'a jamais quitté mes pensées. Parfois, quand les informations parlaient de violences conjugales, j'en hurlais de douleur. Je l'imaginais être la femme de ce bourreau et j'en avais des vertiges. Puis, je l'ai vue. Elle avait l'air amoureuse et heureuse au demeurant. Mais notre attirance de la première fois n'a jamais disparu.

Quand les gars m'ont mis sur sa piste à leur arrivée à L.A, je n'y croyais pas.

Notre rencontre dans la boite était magique et terrifiante. J'ai bien vu dans ses yeux qu'elle ne se souvenait absolument pas de mon visage. Tandis que chacun de ses traits me paraissait si familier.

Néanmoins, j'ai lu du désir dans ses yeux et mon cœur s'est accroché à ça. J'avais besoin de croire qu'elle pourrait me choisir sans connaître la vérité. Juste parce qu'elle était elle et moi, moi. Simplement une question d'âme sœur. Nous aurions fui sans avoir à soulever le passé.

Mais ce n'est pas arrivé. Elle s'est battue contre ses sentiments et j'ai commencé à voir le travail de James sur elle. Son caractère a été annihilé durant des mois et elle a perdu la fougue que j'avais croisée dans ce bar des années auparavant. Ses yeux n'avaient plus l'éclat qui me faisait penser à Jenny.

En quelque sorte, j'avais l'impression de l'avoir perdue une deuxième fois. Mais je n'ai pas abandonné. Ils étaient contre l'idée et souhaitaient qu'on suive le plan initial, mais cela n'avait jamais été le mien. Dès le premier regard échangé, je savais qu'il n'y aurait plus rien d'important à part elle. Cela fait des années que j'imaginais nos retrouvailles et rien n'a fonctionné comme prévu. Pourtant, même aujourd'hui dans cette horrible position, je ressens encore une tension en elle. Julia me déteste pour des milliers de raisons, mais surtout parce que je lui montre qu'elle n'aime pas James comme elle le pensait depuis toujours.

Sauf que je ne suis pas prêt à lui annoncer ce qui entoure nos multiples rencontres. Elle ne se souvient même pas de notre premier regard et croit éperdument avoir été en contact avec moi dans cette boite par pure coïncidence.

J'ai bien remarqué ce soir-là l'expression de James. Mais au lieu de venir me parler, il m'a ignoré. Pour la première fois, je l'ai vu avoir peur.

Julia était capable de briser son petit cercle et je l'ai vite compris.

Sa faiblesse, nous l'avions créée de toute pièce sans qu'il le sache. Sauf que comment pourrais-je me faire pardonner un jour pour ce que j'ai fait et ce que je vais faire ?

Acceptera-t-elle l'idée que j'ai rendu visite à sa mère il y a longtemps pour lui expliquer qu'elle ne devait pas être contre James après qu'on avoir appris qu'elle voulait convaincre sa fille de rester à Newark ? Suis-je pardonnable alors que j'ai menacé la seule femme de la vie de Julia ?

Il n'y a que Tara qui a été dans le coup de son propre chef.

Et encore, j'ai dû lui demander de partir pour ne pas être une cible. Malgré moi, j'ai réussi à m'attacher à cette femme haute en couleur et James l'a su.

La seule chose qu'il ne sait pas et qu'il ne doit jamais apprendre, c'est que je ne joue pas avec Julia. Il pense que je ne suis qu'un manipulateur et cela doit rester comme ça.

— Je peux te demander quelque chose, Julia ?

— Oui…

— Ne dis rien à James pour aujourd'hui.

Elle écarquille les yeux, persuadée d'avoir mal entendu.

— Pardonne-moi de t'imposer ça, mais il ne doit pas savoir que tu sais. Pas pour le moment.

Cela me brise le cœur de lui demander de se jeter encore une fois dans ses bras. Pas une seule seconde, je n'aurais cru le faire une seconde fois, mais le plan n'est pas encore prêt et elle y a un rôle important.

À suivre...

Vous avez aimé votre lecture ?
Découvrez les autres romans des éditions So Romance
disponibles en format papier et numérique.

Attraction
Tome 1 : Hélène

Hélène est perdue : elle n'arrive pas à trouver un nouvel emploi en tant que barmaid. Or, c'est tout ce qu'elle sait faire. Après une soirée de recherches infructueuses, elle sort dans un bar avec sa meilleure amie qui lui lance un défi : embrasser un inconnu. Prête à tout pour réussir au moins une chose dans sa journée, elle n'hésite pas une seconde et va embrasser un homme séduisant mais ténébreux qui reste seul sur le côté. Une erreur qui marquera sa vie à jamais... car débutera alors une relation difficile, tous les deux étant hantés par leur passé...

Les mots qu'on ne s'est pas dits

Zoé est une jeune femme ambitieuse. Elle est acceptée dans deux universités ! Elle choisit Chicago, même si cela lui brise le cœur : elle sera loin de ses amis et de Tom... Tom, l'homme avec qui elle a grandi, son meilleur ami qui la connait mieux que personne... Tom, pour qui elle ressent plus que de l'amitié, mais à qui elle n'ose pas avouer totalement ses sentiments. Mais la vie de Zoé est brutalement bouleversée lorsqu'elle apprend que ses jours sont désormais comptés. Aura-t-elle le temps de tout expliquer à Tom ?

Sous ses doigts
Tome 1 : Le secret de Claire
Claire rentre chez son père à Saint-Ferréol pour le premier anniversaire de la mort de sa mère. Sa sœur, Cécile, profite de l'occasion pour leur présenter son nouveau fiancé, Tom, qui n'est autre que le premier amour de Claire… Passé le choc de leurs retrouvailles, l'attirance qu'ils éprouvaient l'un pour l'autre autrefois refait surface avec violence. Malgré la passion qui les consume, toute relation amoureuse leur est interdite… Claire parviendra-t-elle le temps d'un week-end à ignorer ses sentiments ? Mais comment oublier son premier amour ?

Troubled Hearts
Tome 3 : Le droit au bonheur
Lorsque Clémence retrouve ses amis dans leur propriété bordelaise, elle n'imaginait pas croiser la route de deux mâles aussi séduisants que différents l'un de l'autre. L'un est une relation de Robert, juge réputé, libertin notoire, adepte de jeux érotiques très particuliers dont elle-même est friande. L'autre, le trop sage œnologue qui officie sur le vignoble de Suzie, réveille en elle autant de blessures que d'espoirs si longtemps dissimulés.

Pour en savoir plus
www.soromance.com

© Éditions So Romance, 2020 pour la présente édition

Éditions So Romance
159 avenue de la Couronne
1050, Bruxelles
www.soromance.com

D/2020/14.771/33
ISBN : 9782390451600

Maquette de couverture : Philippe Dieu

Photo : © tankist276 / Shutterstock

Toute reproduction ou représentation intégrale ou partielle, par
quelque procédé que ce soit, du présent ouvrage est strictement
interdite.